東野圭吾
Higashino Keigo

林佩瑾／譯

# 毒笑小說

# 毒笑小說

Contents

總導讀　林依俐

# 由不屈的堅持所淬煉出的奇蹟

如果你問我，東野圭吾是位什麼樣的作家？

我會回答你，他是位不幸的作家。

你一定會覺得奇怪，光是以《嫌疑犯X的獻身》（二〇〇五）一書，便幾乎囊括了二〇〇六年日本推理文學相關獎項，同書在日本的銷售量更是打破五十萬大關的「暢銷作家」東野圭吾，怎會有什麼不幸可言？

在說明之前，請讓我先簡單介紹一下東野圭吾這位作家。

東野圭吾一九五八年生於大阪，大學畢業後進入汽車零件製作公司擔任工程師。由於希望在工作以外，也能在私生活有個較爲不同的目標，所以開始著手撰寫推理小說，投稿日本推理文學代表性的公開徵選長篇小說獎「江戶川亂步獎」。

這並不是東野第一次寫推理小說。早在他十六歲的時候，由於看了小峰元的作品《阿基米德借刀殺人》（一九七三，第十九屆江戶川亂步獎作品）大受感動，之後又讀了松本清張的《點與線》（一九五八）、《零的焦點》（一九五九）等作品。一頭推理熱的他便試著撰寫長篇推理小說，而且第一作還是以重大社會問題爲主題。然而由於完成於大學時期的第二作被周遭朋友嫌棄，「寫小說」這件事便從他的生活之中消失了好一陣子。

而獲得亂步獎的夢想讓東野重拾筆桿。在歷經兩次落選後，他的第三次挑戰——以發生在女子高中校園裡的連續殺人事件爲主軸展開的青春推理《放學後》（一九八五）——成功奪下了第三十一屆江戶川亂步獎。之後他很快地辭了工作，前往東京致力於寫作。自從一九八五年《放學後》出版以後，東野圭吾幾乎是每年都會有一到三部甚至更多的新作問世。他不但是個著作等身的多產作家，其筆下的內容也橫跨了推理、幽默、科幻、歷史、社會諷刺等，文字表現平實，但手法卻絲毫不拘泥於形式，多變多樣。

看到這裡，如果你對於近年的日本推理有一定程度的了解，或許你會聯想到宮部美幸——多采的文風、平實的敘述、充滿令人訝異的意外性；但是在兩者之間卻又有著決定性的不同。

那就是——相對於宮部美幸出道約二十年來，陸續囊括高達十項的日本各式文學獎，筆下著作本本暢銷；東野圭吾卻是一直與日本的各式文學獎項擦肩而過，且眞正開始被稱爲「暢銷作家」，也是出道後過了十多年的事。

實際上在《嫌疑犯X的獻身》同時獲得直木獎與本格推理大獎，並且達成日本推理小說三大排行榜——「這本推理小說了不起！」、「本格推理小說BEST10」、「週刊文春推理小說BEST10」——前所未有的三冠王之前，東野出道二十年來所寫下的六十本小說（包含短篇集）裡，除了在一九九九年以《祕密》（一九九八）一書獲得第五十二屆日本推理作家協會獎之外，其他作品雖然一再入圍直木獎、吉川英治文學新人獎等獎項，卻總是鎩羽而歸。

在銷售方面，他也不是那種只要出書就大賣的暢銷作家。在打著「江戶川亂步獎」招牌的出道作《放學後》創下十萬冊的銷售紀錄之後（江戶川亂步獎作品通常都能賣到十萬冊），整整歷經了十年，東野才終於以《名偵探的守則》（一九九六）打破這個紀錄，而眞正能跟「暢銷」兩字確實結緣，則是在《祕密》之後的事了。

或許是出道作《放學後》帶給文壇「青春校園推理能手」的印象過於深刻，東野圭吾本人雖然一直想剝下這個標籤，過程卻不太順利。書評家們往往不是很關心他在寫作上的新挑戰。這也難怪，在東野出道後兩年，也就是一九八七年，以綾辻行人等年輕作家爲首，提倡復古新說推理小說的「新本格派」盛大興起。從文風與題材選擇看來，東野圭吾作品用字簡單，謎題不求華麗炫目，內容既不夠社會派又不像新本格，自然不會是書評家們熱心關注的對象。

就這樣出道十餘年，雖然作品一再入圍文學獎項，卻總是未能拿到大獎；多少有機會再版，卻總是無法銷售長紅；傾注全力的自信之作，卻連在雜誌的書評欄都占不到個像樣的位置。

所以我才會說，東野圭吾是個不幸的作家。說眞話這何止是不幸，實在是坎坷，簡直像是不當的酷刑。

在獲得江戶川亂步獎後，抱著成爲「靠寫作吃飯」之職業作家的決心，東野圭吾辭去了在大阪的穩定工作來到了東京。這個決定使得他沒有退路，不管遭遇什麼樣的挫折，都只能選擇前進。於是只要有機會寫，東野圭吾幾乎什麼都寫。

二〇〇五年初，個人有幸得以見到東野圭吾本人並進行訪談時，曾經談到關於他剛出道不久時，在推理小說的範疇內不斷挑戰各式題材時期之心境。他是這麼回答的：

「那時的我只是非常單純地覺得自己必須持續寫下去，必須持續地出書而已。只要能夠持續出書，就算作品乏人問津，至少還有些版稅收入可以過活；只要能夠持續地發表作品，至少就不會被出版界忘記。出道後的三、五年裡，我幾乎都是以這種態度在撰寫作品。」

不過畢竟是背負著亂步獎的招牌出道，畢竟是身處日本泡沫經濟蓬勃、推理小說新風潮再起的八〇年代後半至九〇年代，向其邀稿的出版社當然也都希望東野圭吾能夠以「推理」爲主題書寫。配合這樣的要求，以及企圖擺脫貼在自己身上那「青春校園推理」標籤的渴望，東野嘗試了許多新的切入點，使出渾身解數試著吸引讀者與文壇的注意。於是古典、趣味、科學、日常、幻想，在他筆下似乎沒有什麼題材不能入推理，似乎沒有題材不能成爲故事的要素。或許一開始只是爲了貫徹作家生活而進行的掙扎，但隨著作品數量日漸累積，曾幾何時也讓東野圭吾在日本文壇之中，確實具備了「作風多變多樣」這難以被輕易取代的獨特性。

是的，東野圭吾是位不幸的作家。但也因此我們才得以見到，那些誕生於他坎坷的作家路上，由歷經幾多挫折仍不屈的堅持所淬煉而成，在簡素之中卻有著數不清面貌的故事。以讀者的角度而言，能與這樣的作家共處同一個時代，還眞是宛如奇蹟一般的幸運。

在推理的範疇裡，東野圭吾從不吝惜挑戰現狀。從初期以詭計爲中心的作品，漸漸發展出許多具有獨創性，甚至是實驗性的方向。其中又以貫徹「解明動機」要素（WHYDUNIT）的《惡意》（一九九六）、貫徹「找尋兇手」要素（WHODUNIT）的《其中一個殺了她》（一九九六）、貫徹「分析手法」要素（HOWDUNIT）的《偵探伽利略》（一九九八）三作，可說是東野在踏襲傳統推理小說元素之下，卻又充分呈現了屬於現代風貌的鮮麗代表作。

而出身於理工科系的背景，也讓東野在相較之下，比其他作家更擅長消化並駕馭以科技爲主軸的題材。像是利用運動科學的《鳥人計畫》（一九八九）、涉及腦科學的《宿命》（一九九〇）和《變身》（一九九一）、生物複製技術的《分身》（一九九三）、虛擬實境的《平行世界戀愛故事》（一九九五），還有之後以湯川學爲主角展開的「伽利略系列」裡，東野都確實地將自己熟悉的理工題材，在分解組合後以最簡明的方式呈現在讀者眼前。

另一方面，如同「處女作是作家的一切」這句俗語所述，高中第一次寫推理小說便企圖切入當時社會問題的東野圭吾，由《以前我死去的家》（一九九四）中牽涉兒童虐待的副主題爲開端，對於社會人心的描寫，似乎也成了他作家生涯的重要課題。例如以核能發電廠爲舞臺的《天空之蜂》（一九九五）、試探日本升學教育問題的《湖邊凶殺案》（二〇〇二）、直指犯罪被害人及加害人家族問題的《信》（二〇〇三）和《徬徨之刃》（二〇〇四），都在在顯露出東野對於刻畫社會問題與人性的執著。

東野圭吾這種立足於推理，進而衍生至科技與人性主題上的寫作傾向，在發表於二〇〇五年的《嫌疑犯X的獻身》中，可說是達到了奇蹟似的調和，也因爲這部作品，在二〇〇六年贏得各種獎項，讓東野圭吾正式名列「家喻戶曉的暢銷作家」之列。加上這幾年來，東野作品紛紛電視電影化，他的不幸時代已成過去，並站上前人未達之高峰。二十年來的作家生涯開花結果，創造了日本推理文壇近年來難得一見的奇蹟。

好了，別再看導讀了。快點翻開書頁，用你自己的眼睛與頭腦，去感受確認東野作品中理性與感性並存，而又如此引人入勝的獨特魅力吧！那將會勝於我在這裡所寫的千言萬語。

本文作者介紹

林依俐，一九七六年生。嗜好動漫畫與文學的雜學者。曾於日本動畫公司GONZO任職，返國後創辦《挑戰者月刊》並擔任總編輯，現任全力出版社總編輯，另外也負責線上共享閱讀平台ComiComi（http://www.comibook.com/）的企畫與製作總指揮。

綁架天國

# 1

寶船滿太郎剛坐下，就看了看剩下的兩個人。

「以前本來有很多人的，現在終於只剩下我們幾個了。」

「這有什麼辦法？終究是會這樣的。」錢箱大吉冷冷地回應，「我本來還以為今年不辦了呢。不過既然你沒有寄送中止聚會的通知，我還是來了。只剩下三個人也沒關係，因為這場麻將大會是一年一度的樂趣嘛。」

「之前我猶豫了很久。不過要是下次誰又翹辮子，就再也辦不成了。所以我才決定要辦的。而且聽說在關西，三人麻將才是主流哪。」

「我從來沒打過三人麻將。」

「有什麼關係？我也只是前陣子打過一次而已，馬上就會習慣的。」

「福富，你呢？」錢箱轉向至今沉默不語的福富豐作。

「啊，什麼事？」

錢箱一語驚醒夢中人，福富猛地回過神。都七十好幾了，他的雙眼還像個孩童般地骨碌碌轉動。

「喂，你根本沒聽嘛！你在發什麼呆啊？」

「對不起，我在想金印的事。」福富慢慢地說，「去年這個時候他還活得很硬朗，沒想到會突然因爲腦梗塞而……」

「金印也過八十了。到了這個年紀，每年都是關鍵啊。」寶船說，「不過，我們幾個也差不多啦。」

「我們也差不多該想想自己的身後事了。」福富嘆了口氣。

錢箱笑道：

「有什麼好想！『人各有命』，就是這麼簡單。我對這個世界已經沒什麼好依戀的了。」

「嗯，我也是。」寶船同意錢箱的說法。「想做的事，幾乎都做了。最近無聊得要命，只能煩惱該怎麼使用剩餘的時間和金錢。」

「福富，你有沒有什麼心願未了？」

「未了的心願是沒有……」福富搔搔稀薄的白髮，「不過，若是我現在死了，只會留下一個遺憾。」

「喔？說來聽聽。」寶船探出身子，「我眞羨慕你，到了這把年紀還有未了的心願。」

「其實也不是什麼重要的事……」福富乾咳了一聲，「我有點放心不下我的孫子……」

「我還記得你孫子是在五年前出生的。」錢箱雖然上了年紀，記憶力卻絲毫未減。「也就是所謂的老來得孫。哪像我家，最大的孫子都已經上大學了，根本享受不到含飴弄孫的樂趣。福富，你家現在應該每天都和樂融融吧。」

「話是這麼說沒錯……」福富囁嚅道，「老實說，我根本沒有跟我孫子好好玩耍過，就是這點讓我不甘心。」

「想玩就去玩啊。」寶船一副「你幹嘛爲了這種無聊小事煩惱」的模樣。

「就是辦不到，我才煩惱呀。」福富豐作的眉毛皺到八點二十分的位置。

根據他的說法，由於女兒跟女婿太熱中於教育，替未滿五歲的孫子報名了補習班，另外還請了家教老師來教他讀書跟學才藝，導致福富根本沒有時間和孫子好好相處。

「什麼嘛，原來是這樣。那還不簡單？叫你女兒女婿偶爾讓他出去玩一玩、喘口氣不就得了。」

聽到寶船的話，福富無力地搖搖頭。

「這我也知道，可是我女兒跟我死去的老婆很像，嘴巴可利的。她總會像連珠砲似地，不停數落我說：『爲了讓他繼承福富財團，必須從現在就開始實施英才教育，否則就來不及啦！』一聽到這種疲勞轟炸，我的頭就發疼，只好摸摸鼻子逃走啦。」

「你女婿怎麼說？」

「他對我女兒完全是百依百順。」

「那不是跟你一樣嗎？還眞是代代相傳啊。」錢箱笑得樂不可支。

「我知道了。我很想幫你，但這件事由不得我們這些外人插嘴……」寶船歪了歪腦袋。

「要不要強行把他帶走？去國外玩個兩、三個禮拜，玩到過癮。」錢箱說，「我可以借你遊艇。我又新買了一艘可以容下三十人的遊艇。你可以把傭人都帶上去，和孫子兩人環遊世界一周啊。」

「我很感謝你的好意，但一想到事後我女兒可能會大發雷霆，我就……」福富怯懦地說著。

「瞞著你女兒偷偷擄走他，不就得了。」

「你說什麼蠢話？那不就變成綁票了？」

「也是，果然不行。」錢箱豪爽地哈哈大笑。

「不，等等，說不定這是個好主意。」寶船霎時一臉正經。「綁架他，就萬事ＯＫ了。」

「怎麼連你都跟著胡鬧。」

「我沒有胡鬧，我是認眞的。既然小孩是被綁走的，你女兒就沒理由罵你。而且只要佯裝綁架犯告訴她，小孩子安全無虞，狀況就比失蹤來得清楚，你女兒也比較知道該如何處理。嗯，就這麼辦，一定行得通的，眞是太有趣了！」

「好像挺好玩的。」

「喂、喂、喂，給我等一下。」福富慌亂地交互看著兩個朋友。「做這種事，要是被警察逮到就麻煩了。」

錢箱哼了一聲。「管他什麼警察不警察！我只要稍微出馬叫他們閉嘴，他們連大氣都不敢吭一聲。」

「你是認眞的嗎？」

「我剛才就跟你說過，我是認眞的。」寶船雙手抱胸。「嗯，用這件事來打發時間正好。剛剛我才說人生沒有遺憾，但仔細一想，我這輩子還沒幹過綁票案呢。好，就來玩它一玩吧。」

「算我一份！」錢箱大手一拍，「我這一生幹過了不少壞事，但綁票還是頭一遭。你們總需要有人出去收贖金吧？有什麼關係？這挺刺激的啊！嘻嘻。」

「阿福啊，這麼一來，你不就可以盡情的和孫子玩耍了嗎？沒有什麼好挑剔的吧？」

「嗯……」福富考慮了一會兒後，抬起頭說道，「可是，我不想讓健太害怕，在他的心中留下陰影……」

「你孫子叫健太啊。你放心，我們會在不讓他害怕的前提下綁架他的。在綁架的這段期間，最好把他隔離在一個他可以盡情嬉鬧的地方。你有沒有什麼好的建議？」寶船要求錢箱提供妙計。

「不能隔離在這裡嗎？」錢箱環視室內。天花板上吊著巨大的水晶燈，牆上則懸掛著國內外的知名畫家作品。房間的大小應該有上百平方公尺，連日用品都是最頂級的。

「這裡不適合小朋友吧？而且這裡是大家合資蓋的一年一度麻將大會專用別墅。」

「我知道一個好地方。有家怪怪的遊樂園，因爲經營不善正在拋售中。我們把它買下來。那裡的住宿設備齊全，你們可以住在那裡。」

「我怎麼能夠讓健太住在那種破爛的地方！」福富的語氣中透露出不滿。

「安啦，我會負責將它改裝得漂漂亮亮。」

「那就這麼決定囉？可以嗎？」

寶船說完後，錢箱說了聲「我贊成！」福富雖然面有難色，依然點頭同意。

## 2

福富政子雖貴爲福富財團的年輕繼承人，還是盡可能親自陪同司機，接送自己的獨生子。因爲坐在凱迪拉克的後座，邊瀏覽工作資料邊往返於住處和幼稚園，也是她生活的樂趣之一。

今天她照常邊看著接下來預定施工的遊樂園計畫書，邊前往金滿幼稚園，接下來將健太載回家。

「今天你學了些什麼？」政子詢問兒子。

「嗯，法國的用餐方式。」

「這樣啊？學會了嗎？」

「嗯。」

「不是『嗯』，要說『是』。」

「是……」

「眞巧，今天教法文的老師正好來了，就讓他看看你學會了多少吧。」

「是。」

「上完法文課後，要上的是小提琴吧？上次老師教的曲子，你都會拉了嗎？」

「有些地方不太會……」

「這樣子不行喲。要更努力練習才可以。」

正當母子兩人如此交談之際，凱迪拉克恰巧進入某座隧道，前方出口處卻一片黑暗。

「哇！」

司機慌忙踩下煞車。

政子和健太猛地撲向前方。

「怎麼回事？」她沒好氣地責問司機。

「對不起，出口好像被堵住了……」

「出口堵住了？怎麼可能？」

「我也不清楚……」

「那就把車調回頭。」

司機回了聲「是」打算將凱迪拉克調回頭，但這時突然傳來轟天巨響，連入口都牢牢堵住了。

「啊！」健太叫了一聲。

「怎麼回事？爲什麼會發生這種事！」政子歇斯底里地尖叫。

過沒多久，伴隨著「咻咻——」聲，四周噴出了陣陣白色瓦斯。政子再度陷入恐慌，但她還沒來得及尖叫，意識就逐漸離她遠去。

3

「你不是答應過我不會亂來嗎？」福富豐作滿臉不悅地抗議。

「不這樣怎麼抓得到你的孫子？而且我沒有傷到他們一根汗毛，瓦斯也沒有副作用。」

寶船滿太郎回答。

「司機跟政子呢？」

「我叫屬下用拖車將他們連同凱迪拉克運到你家附近，現在他們說不定已經醒了。」錢箱大吉看了看閃耀著金色光芒的手錶。

「沒留下證據吧？」寶船詢問錢箱。

「放心，隧道的機關已經被拆除，騙走前後方車輛的告示牌也收拾乾淨了。」

「拖車會不會被人看見啊？」

「也是，畢竟它那麼大一臺。」錢箱稍微思考了一下。「那就偷偷在廢棄工廠處理掉吧。」

「總之，第一階段已經成功！」說完後，寶船看了看坐立難安的福富。

「想見孫子就去見嘛。」他苦笑道。

「不，我在意的不是這個……而是接下來要怎麼做？」

「我想想……既然都擄來了，接著也該要求贖金了。」

「沒錯、沒錯。」錢箱出聲同意。

「跟他們要錢？」

「這還用說，哪有人綁票後不開口要錢。」寶船看著福富賊笑道，「安啦，錢我會全部還給你的。」

「不用，麻煩你這麼多，給這點錢也是應該的……話說回來，你打算跟他們要多少？」
「按說綁架是有行規的，我會比照一般行情來定數字。」
「多少？」錢箱問道。
「根據我的調查，像這樣的案子，至少也要一億吧？」
「原來如此，一億啊。」錢箱點了點頭。「果然一般人都是以這個數字為基準。」
「一億……嗯——」福富喃喃自語，「如果要花上一億……我就很難直接奉送給你了。我知道這樣麻煩你，很不好意思……」
「呃……」寶船一臉不解地問道，「你們說的一億是什麼單位？」
「咦？不是美元嗎？」錢箱說。
「不是嗎？還是馬克（*1）？」
「這個嘛，我自己也覺得很難以置信，不過我指的是日圓耶。」
「圓？你是說日圓嗎？」錢箱睜大雙眼，福富也露出驚訝的表情。
「好像是。」
「怎麼可能！」錢箱大聲嚷道，「贖金只要一億日圓？」

*1 德國貨幣單位。

「沒錯。」

「你在開玩笑吧？就憑那一億圓來交換人命？」

「而且是健太的命！」福富語氣中帶著憤怒，「健太的命只值一億圓嗎？一億圓能買到什麼？前陣子還可以用一億圓加入高爾夫球場的會員，現在頂多只能買到便宜公寓。難道健太的命跟那些東西一樣不值錢嗎？哪有這種蠢事，又不是在雜貨店買糖果！」他口沫橫飛地說道。

「寶船啊，一億會不會有點太便宜了？也難怪福富會生氣。一般人可能用這點價格就可以換到人命，但我們不必學他們吧？不要個五十億、一百億，面子怎麼掛得住？」

「這樣還是很便宜啊！」福富依然難掩怒氣。

「我了解你們的心情，但這也是不得已的。」寶船說，「這次的綁票如果不想露出馬腳，作法就必須盡量不超出社會大眾的理解範圍。既然贖金的行情價是一億圓，我們也只好照做了。」

聽到這段話，福富臉色爲之一變。「寶船兄，你是認眞的嗎？」

「現在重要的不是數字，而是我們必須讓這起案子看起來和其他案件沒有兩樣。」

「等一等。你的意思是說，一般的綁架犯都是爲了這點小錢，就去做綁架這麼麻煩的事？」錢箱按著太陽穴說道。

「正是如此。」
「什麼？」錢箱搖搖頭。「這實在是太蠢了。如果把這種膽量和智慧用在其他地方，輕輕鬆鬆就可以賺到一億圓了。」
「我也不知道一般人的腦子裡到底在想什麼。」
「嗯——」錢箱若有所思地沉吟道。
「還有，」寶船看著福富說道，「你的女兒跟女婿也不至於會為了這點零頭小錢去報警吧？」
「那還用說？如果他們敢為了一億圓那種小錢跑去報警，我就跟他們斷絕關係。」
「那麼就這樣說定咯。一億圓不會很佔空間，屆時交付贖金也比較好處理。阿福，之後的事情就包在我們身上，你只管和健太盡情玩耍就是了。你說怎麼樣？」
「嗯，這個嘛……你們幫我這麼多忙，我也不好意思說什麼。只是……用一億圓交換健太，總覺得有點無法接受……」
「你就乾脆一點吧，就決定一億圓了。接下來就是打電話。」
「在這之前，要不要先看看福富家有什麼變化？」錢箱提議道。
「也是，那就先來瞧瞧吧。」
寶船按下桌下成排按鈕中的某一顆，房間的一部分牆壁隨即「嗡——」地一聲打開，露出一個巨大的螢幕。

「這玩意兒可以看到我家？」福富詢問其他二人。

「我在你家前後的住家都裝了攝影機。」寶船說。

「那些住戶上哪兒去了？」

「都在國外度假。」錢箱賊笑道，「我設計了一個電話猜謎遊戲，強迫他們抽中海外旅遊。現在他們大概全家人都在郵輪上歡度愛琴海假期吧？」

寶船又按下其他的按鈕，這次畫面上出現福富家的豪宅。宅邸四周圍了圈白色圍牆，走的是純日式風格；巨大的大門現在正敞開在眼前，數輛警車井然有序地排隊入內。

「什麼，警察已經來了？」錢箱吃了一驚。

「糟了，來不及了嗎？」寶船拍了拍他那頭後梳的假髮。「大概是因爲我們遲遲不聯絡，所以他們就先報警了。」

「怎麼辦？」福富不安地問道。

「我打個電話給縣警總部長。」錢箱拿出手機，「我會跟他說這是我們鬧著玩的，叫他別插手。」

「等等，不要打給他。」寶船出聲制止。

「縣警總部長不夠力嗎？那警察廳長官（*2）怎麼樣？那個還在流鼻涕的小鬼可是對我唯命是從。」

「不是。我認爲，好不容易決定要綁架，就別給警察施加壓力，這樣一點都不好玩。做都做了，乾脆玩個痛快。」

「哈哈哈，你是說要跟警察拚個高下嗎？」錢箱一邊收起手機，一邊舔了舔嘴唇。「好像挺有趣的。」

「看看這次能不能順利搶到一億圓，這比麻將好玩多啦。」

「算我一份！福富，你呢？」

「我都可以，只要能和健太好好玩耍就好。」

「那就這麼決定。該打電話了，錢兄，東西都準備好了嗎？」

「那當然。」

錢箱說完後按了按眼前的按鈕，桌子中央於是緩緩打開，出現了電腦螢幕、鍵盤和電話。

福富嚇得仰身大嘆：「這是啥啊！」

*2 日本警察廳首長。

錢箱嘻笑著說：

「這是我跟前ＣＩＡ間諜買來的玩具，它可以讓我的聲音在電話中轉換成別人。而且它在傳送時會通過全世界的網路，反追蹤裝置根本拿它沒轍。」

「喔──還滿厲害的嘛。」

「好，快來打電話吧。」

寶船說完後，錢箱說了聲「看我的！」接著以滿佈皺紋的手指敲打鍵盤。

## 4

在福富公館中，除了有當地警察署長坐鎮之外，從縣警總部的總部長到刑事部長、搜查一課課長也趕來會合。依照狀況判斷，福富健太確實是被歹徒綁架，而他們也一致認爲綁架這麼小的孩子，絕對是想利用他來勒索金錢。

就像要證實這項假設似地，就在宅邸內的所有電話、傳眞機才剛裝設好反追蹤裝置，歹徒就打電話來了。膽大包天的歹徒，居然打電話到警察首腦齊聚一堂的會客室。

福富政子緊張地拿起話筒。

「喂，這裡是福富家。」

「嗨，妳好。」這是對方說出的第一句話。聲音聽來是個年輕男子，四周的人也透過錄音設備聽到了他的聲音。一個個探出身子的警方相關人員忽地鬆了一口氣，這口吻聽來這麼悠哉，想必不是歹徒吧？——然而，對方卻繼續說：

「我是綁架犯。」

所有人瞬間彈了起來。

「你……你說……你是綁架犯？」政子結結巴巴地問道。

「對啊，就是那個綁架犯。意思就是：我是綁架妳家寶貝兒子的人。」

「在哪裡？健太人在哪裡？請把他還給我！」

「要還可以，但總不能妳說還就還吧？要不然我幹嘛綁架他？得請妳付出一些代價才行。」

「你要多少？要多少錢，你才肯把兒子還給我？」

「別急別急，做生意時不能一下子就談到錢，否則會被對方吃得死死的喔。」歹徒的口吻泰然自若。「我想想……這次就算妳便宜點，一億如何？」

「一億……」政子吞了口唾液。

一旁的野田聽到以上對話，不禁面色凝重。歹徒果然開口要贖金了，而且金額相當驚人。聽到一億，家財萬貫的福富政子似乎也亂了陣腳。

政子開口了。

「請問……單位是法郎（*3）嗎？還是元？」

野田瞠目結舌，其他警官也個個滿臉吃驚地盯著她瞧。

歹徒答道：「哈哈哈，我就知道妳會這麼問，這也難怪。不過單位既不是法郎也不是元，當然更不是馬克。」

「這樣啊，那……應該是美金吧？」政子咬緊雙唇。「我明白了，我會把錢籌到手的。」

野田呆若木雞地楞在一旁。一億美元……那不就大約有一百億日幣囉？

「唉，爲了心愛的兒子，出這麼點錢，也是理所當然的。」歹徒淡淡地說著。多虧他話多，這下子應該可以順利追蹤到他的位置。「可是呢，這次我說的也不是美元，當然也不是基爾德（*4）或巴布亞（*5），而是日幣。府上只要準備一億圓就可以了。」

「一億圓？還需要什麼嗎？」

「不需要其他東西，只要給我一億圓就好。在我給妳下一項指示之前，妳只要準備這個就行了，聽懂沒？」

「不好意思……」政子說，「如果只要一億圓的話，我現在就可以給你。」說完後，她用手摀住話筒，緊張兮兮地小聲吩咐丈夫良夫，「老公，幫我去保險箱拿一億圓出來。」

「啊，好好。」良夫趕忙起身走出會客室。

話筒另一端的男子再度開口：

「我知道妳有錢。拉開抽屜找找零錢，隨便湊，都有一億圓吧？可是我們這裡必須按部就班得進行才可以，不然我幹嘛叫妳等我？好啦，我會再打給妳的。」

「啊，請等一下。讓我聽聽健太的聲音吧。」

「呃，啊……也是，會想聽兒子的聲音是很正常。但很不巧，他現在不在這裡，下次我打給妳時會讓妳聽聽他的聲音。」

「怎麼這樣……」

「抱歉，我們這邊也還有很多事情得適應。那就先這樣啦。」對方掛了電話。

當政子放下話筒過了約莫十秒後，刑事部長這才回過神來。

「喂，快點倒帶，準備分析音質！」

「啊，是！」他的屬下急忙著手操作錄音機。

「太太，您對剛才那男人的聲音有印象嗎？」搜查一課課長詢問政子，但她沒有回話，

---

*3 法國貨幣單位。
*4 荷蘭貨幣單位。
*5 巴拿馬貨幣單位。

只是盯著空中。

在這當頭，良夫回來了。

「我把一億圓拿來了。」半透明垃圾袋裡的大把鈔票砰地放在大理石長桌上。

政子面無表情地俯視那個袋子，接著面孔逐漸扭曲成齜牙咧嘴的般若（*6）。刺耳的咬牙聲迴盪在現場所有人的耳邊。良夫彎下腰來雙手抱頭。

「什麼意思！」她的聲音迴盪在比五十張榻榻米還大的會客室裡。「一億日圓！只爲了這區區一億圓就綁走我家的寶貝兒子健太？哪有這種蠢事呀？一億圓？一億圓算什麼？載貨用的馬還比這個貴多了！一億圓？只爲了一億圓？」政子氣得直跺腳。「如果只想要這麼點小錢，幹嘛不在綁架健太前來跟我要？只要開口說一聲，我就會給了呀！」

聽到政子這番話，在場的數名刑警本來想對她說些什麼，但看到女主人怒氣沖沖的模樣，他們還是低下頭來把話吞了回去。

「野田先生！」政子走到縣警總部長面前。「歹徒居然爲了這點小錢就綁走福富家的繼承人，這正證明了治安欠佳。爲了警方的威信，請你竭盡所能逮捕這名嫌犯。」

「當然，當然。」野田隨即站起身，僵直著身子發出宣言。

這時電話鈴聲響了，打來的人是搜查小組的成員。一名年輕刑警拿起話筒抄下內容，接著望向上司們。「反追蹤大致上已經完畢。」

野田的表情瞬間亮了起來。「他是從哪裡打來的?」

「呃……這個嘛……」年輕刑警搔了搔頭。「好像是雅溫得（Yaoundé）。」

「啞瘟德?那是哪裡?」

「喀麥隆共和國（Republic of Cameroon）的首都。」

「啥?」

## 5

福富豐作現在正和孫子健太一起跨坐在旋轉木馬上。這座旋轉木馬是世界稀有的雙層式構造，不只如此，這座錢箱建造的遊樂園還備齊了大型雲霄飛車、摩天輪等極盡奢華之能事的頂級遊樂設施。

當旋轉木馬停下來後，音樂也戛然而止。

「健太，想不想再搭一次?」

「不要，我不想再搭了。」

「這樣啊，那接下來想玩什麼?」

*6 能劇的面具之一，頭上有兩根角，嘴巴裂至耳下，是代表女性憤怒與嫉妒的女鬼面具。

「呃……我有點累了。」

「什麼，這樣就累了？我們才剛開始玩沒多久呢。」

福富和健太一同搭上了停在一旁的電動車（*7）。這輛車上畫滿了鮮豔的圖案，坐在駕駛席上的還是當紅動畫主角的人偶。福富對人偶說道：「開去餐廳。」

話一說完，車子就靜靜地啓動了。透過聲音辨識及模糊控制系統（*8），人類可以對它下達各種指令。

「眞是嚇了我一跳。沒想到一醒來就看到這麼棒的遊樂園，我還以爲是在做夢呢。」健太在餐廳邊吃著特製兒童餐邊說道。這裡的人，從侍者、女服務生到廚師無一不戴著面具，這全是爲了不讓健太記住他們的長相。

「哈哈哈，抱歉，爺爺不是有意要嚇你的。你應該懂吧？這裡的事情不可以告訴別人喔。」

「嗯，我知道。我只要跟媽媽說自己被關在某個小房間裡就行了吧？」

「沒錯。健太，你眞聰明！」

「我會遵守約定的。」說完後，健太又問，「爺爺，我什麼時候要開始讀書？」

「讀書？」

「嗯，因爲啊，」健太看著細小手腕上的手表。「差不多快到讀書的時間了。」

「別管它。在這裡你就忘了讀書的事，盡情玩個過癮吧。」

「喔——」不知爲何，健太一副心事重重的模樣。

這時，兩個戴著猴子面具的人靠了過來，他們正是寶船和錢箱。

「啊，是猴猴！」健太指向他們。

「嗨，小弟弟，你玩得高不高興啊？」戴著大猩猩面具的錢箱問道。

「嗯。」

「怎麼啦？你看起來不太開心耶？」戴著紅毛猩猩面具的寶船說，「是不是身體不舒服？」他望向福富。

「他好像正在煩惱該不該唸書。眞可憐，這麼小就得擔心這個。」福富感嘆著。

「小弟弟，你不用擔心這件事。」大猩猩將手放在健太的頭上。

「嗯。可是……我的朋友也都很想玩耍，但他們都忍下來了，我自己一個人玩總覺得……」

健太的話讓三個老人面面相覷。認識了這麼多年，每個人都多少可以猜到對方心中的想

*7 泛指以電能來驅動的車種。

*8 一種語言控制器，可使操作人員易於使用自然語言進行人機對話。

法。

猩猩寶船對少年開口了。

「那，我們也把你的朋友帶來這裡好了。」

正在吃著布丁的健太抬起頭來，雙眼閃閃發亮。「眞的嗎？」

「眞的。這樣你們就可以一起玩啦。」

「好棒！」健太的表情充滿了喜悅，這是他來這裡之後初次展露笑顏。

大猩猩錢箱從外套口袋取出記事本。

「可以告訴我你朋友們的名字嗎？」

「嗯，好呀。我想想喔，第一個是月山，然後是……」健太開始扳著手指頭計算人數。

## 6

縣警本部長野田正雙手抱胸坐在福富家的會客室裡。歹徒還沒打電話來，從健太被綁架後，已經過了將近三小時。

「該死的嫌犯，到底在搞什麼鬼啊？不是說要讓家屬聽健太的聲音嗎？」耐不住尷尬的沉默，他只好嘟囔幾聲。身旁的福富政子死命瞪著電話不放，眼神比惡魔刑警還要凶狠。

這時，搜查一課的課長衝了過來。「本部長，大事不妙，又發生綁架案了。」

「你說什麼？」野田皺起眉頭看著部下。「快告訴我詳細狀況。」

「呃……首先是隔壁町的月山家長男被綁架了，他今年五歲。」

「咦？你是說月山家的一郎弟弟？」政子加入談話。

「您認識他？」野田問道。

「他和健太讀同一所幼稚園，而且也是同班同學。」

「眞是巧啊。」野田歪了歪腦袋。「不過，你的話怎麼聽起來怪怪的。首先是隔壁町……？『首先』是什麼意思？難道還有其他案件？」他對著搜查一課課長問道。

課長搔了搔頭。「嗯……其實還有另一件綁架案……」

「什麼？」

「這件案子距離稍微遠了些，但也是在縣內。火村家的女兒被綁架了，這孩子也是五歲。」

「唉呀，一定是火村亞矢小妹妹。」政子說，「她也跟健太同班。」

「嗯……這是怎麼回事？」野田喃喃說道，「他們眞的被綁架了嗎？會不會只是單純失蹤？」

「是綁架沒錯，因爲嫌犯已經來過電話了。」

「他說了什麼？」

「一些奇怪的話，例如『詳情去問福富家』之類的……」
「也就是說，是同一個歹徒幹下的案子？有沒有提到贖金？」
「關於這點，他什麼都沒說。」
「怎麼搞的，那個嫌犯到底在想什麼？」
這時桌上的電話響了，福富政子快狠準地拿起話筒。「我是福富。」
「嗨，是我啦，我是綁架犯。」聽筒另一端的聲音和上一通一模一樣，語氣也依然一派悠閒。「我想依照約定讓妳聽聽貴公子的聲音。」
「拜託，請快讓我聽聽！」
隔了數秒後，聽筒中傳來少年的聲音。「喂，是我。」
「健太，你是健太吧？我是媽媽，你認得出來嗎？」
「嗯，認得出來。」
「你現在人在哪裡？你知道是在什麼地方嗎？」
「不知道，我一醒來就在這裡了。」
「那裡是什麼樣的地方？」
「嗯……是個又暗又窄的房間。」
「唉呀，好可憐。你還好吧？有沒有受傷？」

「嗯，還好。」

「有沒有吃飯？」

「我吃了兒童餐，好好吃喔。啊，等一下喔，有人叫我把電話轉過去。」

「啊，健太！」

聽筒另一端似乎又換了個人，回到方才的男聲。

「怎麼樣？他聽起來過得還不錯吧？」

「算是吧……對了，你什麼時候才會將健太還給我？」

「當然是等交易順利完成之後啊。」

「一億圓我已經準備好了，要交易就快一點。」

「唉唷，妳先別急。好不容易將健太的朋友也找來了，我們就慢慢來吧。」

「啊！」政子不禁叫出聲，「那，綁走月山家和火村家小朋友的果然也是……」

「正是如此。可是，要一個個打電話給他們的家長太麻煩了，所以我決定全部透過妳交涉。妳不介意吧？」

「我無所謂，但你爲什麼要綁架兩個人、甚至三個人呢？如果是錢的問題，你只要綁走健太一個就夠了呀。」

電話那端的男子笑了出來。「才不是兩個三個呢……算了，沒多久妳就會知道我在說什麼。」

「咦？」

「不說這個了，總之我們也有我們的苦衷。對了，野田縣警本部長應該也在妳那兒，可不可以請他來聽電話？」

「呃、啊、好。」政子一頭霧水地將話筒遞給野田。面對這突如其來的指名，野田也是丈二金剛摸不著頭腦。

「我是野田。」為了不被歹徒瞧不起，他拚命裝出威嚴的語氣。

「嗨，辛苦啦，你被整得很慘吧？」

「不，」哪裡哪裡——野田差點脫口而出，但還是將到口的話吞了回去。嫌犯的聲音雖然是年輕的男聲，但他對那獨特的口吻卻有些印象，因此不自覺地露出逢迎拍馬的態度。

野田乾咳了幾聲。「找我有什麼事？」

「你不用那麼緊張。」

「我哪裡緊張了？你算哪根蔥啊？不過是個綁架犯，態度還敢這麼囂張！」

「喔——」低沉的笑聲透過電話線傳了過來。「我倒覺得你的架子比較大呢。如果你不滿意我的態度，也可以不跟我談交易啊。」

聽到這段話，福富政子急忙拚命搖頭，野田只好把怒火吞進肚子裡。

「你不是有話要對我說嗎？快說吧。」

「嗯，其實我有件事想拜託你。幫我準備二十輛警車停在福富家的院內，聽懂了嗎？」

「二十輛警車？你想拿來做什麼？」

「交易時會用到。至於詳情我就先不說了，你慢慢期待吧。」

「什麼時候要準備好？」

「越快越好。我會再聯絡你的，先這樣吧。」

「啊，等等！」當野田說出口時，電話已經掛斷了。野田回頭望著部下，「這通電話講了這麼久，這次總該追查出對方的所在地了吧？」

「應該會。」

話說到一半，電話就打來了。野田的部下隨即拿起話筒。

「啊，追查出來了嗎？是，咦？」部下的表情尷尬地僵住了。「是，我知道了……」他開始振筆抄寫內容，但面色依然凝重。

「從哪裡打來的？」部下一掛上電話，野田馬上追問。

「關於這一點……」他一邊看著備忘錄，一邊說道，「嫌犯入侵各國電腦使用了高度傳送機能。在此先向您報告，他剛才是從德黑蘭（Tehran）打來的。」

「德黑蘭？之前是喀麥隆，現在是德黑蘭？那德黑蘭之前是哪裡？查不到嗎？」

「不，最近的反追蹤技術也進步了不少，現在已經可以查出各個傳送點所在了。」

「這不是很好嗎？」

「這個嘛……德黑蘭是從聖多明哥（Santo Domingo）傳送過去的，也就是多明尼加共和國（Dominican Republic）。而之前是剛果（Congo）的布拉柴維爾（Brazzaville），更之前則是蘇利南共和國（Republiek Suriname）的巴拉馬利波（Paramaribo）。很遺憾，我們只能追查到這裡。」

「我知道了，夠了。」野田搖了搖手。「放棄反追蹤吧，重要的是……」他轉向福富政子。「關於錢的事，我想跟您談一談……」

「怎麼了？」

「這個嘛……除了健太之外，嫌犯似乎還綁架了其他小朋友，這樣一來，想必他會挨家挨戶要求贖金吧？可是，想當然耳，其他家庭無法像貴府一樣馬上就拿出一億圓。爲了能及時應對嫌犯的要求，不知道能否請您大力相助？」

「我明白了，贖金就先由我們家代墊吧。」爽快地一口答應後，政子突然靈光一閃。

「不，別說代墊，全部金額都由我們負擔也行。」

「咦？全部嗎？」野田大吃一驚。

「正是如此。」說完後，政子眼光銳利地掃向縣警總部長。「當貴單位向媒體發表案情時，我希望可以把我們家負擔的金額，全說成是健太一個人的贖金。」
「哈哈哈，原來是這麼回事啊。這樣一來，其他孩子不就變成免費的了？」
「不行嗎？」
「不，也不是不行。我知道了，交給我來辦。」
野田心想：看來，當人有錢到這個地步，就連兒子的贖金也要面子了。
「那麼……我們應該準備多少金額才夠呢？如果是一人一億圓的話……」
「這個嘛，從嫌犯的說法看來，被綁走的似乎不止兩人三人，說不定要準備個五、六億呢。」
「老公，這點錢我們保險箱裡應該有吧？」政子回頭望向毫無存在感的丈夫。
「大概吧，我去瞧瞧。」
正當福富良夫想起身時，數名刑警爭先恐後地衝了過來。
「不好了！又發生了綁架案，有兩個人遭到綁架。」
「我這邊也有個男孩被綁架了。」
「我這裡是三個人一次被綁走。」
「什麼！」野田睜大了佈滿血絲的雙眼，「這樣加起來總共……」他屈指一算，「九個人？」

沒過多久，別的刑警又飛奔進入房內。他們喘得上氣不接下氣，七嘴八舌地開始報告類似前幾名刑警說過的事情。

# 7

「我這邊的任務已經完成了。」寶船掛下電話，「錢箱兄，你那邊呢？」

「搞定了！今晚大概就可以在所有地區佈下機關。」錢箱邊看著電腦螢幕邊說。畫面裡顯示著一張地圖，上面有幾個點正閃著亮光。

「終於輪到交付贖金的階段了。」福富說。「希望可以順利成功。」

「絕對萬無一失啦，主導這個計畫的人可是我們耶。」寶船自信滿滿地回答，「對吧？錢箱兄。」

「沒錯。以寶船的智慧加上我的高科技，簡直是如虎添翼。」

「別忘了，我們三人還有雄厚的財力。」

「這我知道，但小說和電視劇裡不是常常說『綁票最困難的部分在於交付贖金』嗎？」福富依然滿臉不安。

「所以反過來說，那也是最戲劇化、最有趣的部分啊。綁架犯有多少能耐，全看這部分的表現了。如果少了這個，整個案子就像沒氣的啤酒一樣，一點看頭都沒有。」

「我好期待明天喔，嘻嘻嘻嘻。」錢箱聽了寶船的話後，露出詭異的笑容。

「好啦，我們去看看孩子們吧。」

寶船站起身，其他兩人也跟著「嘿咻」一聲挺起腰桿，接著戴上猿猴面具。這次福富也戴上了黑猩猩面具，因爲他不能讓健太以外的孩子看到自己的樣貌，而健太也被千叮萬囑絕對不能洩漏黑猩猩的眞面目。

至於孩子們，他們早已用「你們的爸媽在這兩三天內要將你們寄放在這遊樂園裡。」的說法打發掉了。

分別戴上紅毛猩猩、大猩猩跟黑猩猩面具的三名老人離開建築物，走進了遊樂園。他們搭上米老鼠駕駛的電動車，在園內來回巡視。「喔，在那裡！」大猩猩錢箱指向前方。

三個男孩並排坐在長椅上，神色看來悵然若失。

電動車在他們的面前停了下來。

「怎麼啦？小朋友，你們不去玩嗎？」錢箱開口搭話。

三個小孩面面相覷，但誰也沒答腔。

「你們討厭遊樂園？」錢箱接著問道。

右邊的男孩搖了搖頭。

「是喜歡才對吧？」

這次三人都點頭同意。

「那你們爲什麼不玩呢？這裡什麼遊樂設施都有，去玩一玩嘛。」

三人再度面面相覷，接著陷入沉默。過了好一會兒，中間的男孩才囁嚅地說道：「該玩哪個才好呢？」

「玩哪個……想玩哪個就玩哪個啊，這還需要想嗎？搭個旋轉木馬也好啊。」

「那就玩那個吧。」中間的男孩站了起來，其他兩人也跟著仿效。

「不是啦，你們不一定得搭旋轉木馬，也可以去坐會轉來轉去的咖啡杯啊。」

錢箱說完後，正打算邁出步子的三人又停下腳步。

「那就坐咖啡杯。」方才的男孩再度開口，接著三人便一同走向咖啡杯。

「呃、喂、等一下啦。」錢箱叫住三人。「你們不必照著我的話做啊。說說看，你們自己想玩什麼？」

這麼一問，三名男孩再度面面相覷，最後居然開始哭泣。

「哇！喂，怎麼回事？你們幹嘛哭啊？」錢箱亂了陣腳。

「好啦，好啦。我知道了，你們別哭。」寶船忍不住插嘴。「這樣好了，你們先去坐咖啡杯，接著是旋轉木馬，然後再依照注音的順序玩遍各項設施，如何？」

很不可思議地，三名小孩聽完後就不再哭泣。他們用力點了點頭，昂首闊步地朝著咖啡杯走去。

「搞什麼，這到底是怎麼回事啊？」錢箱望著他們的背影，喃喃說道。

「這就叫做死腦筋。」寶船說，「他們從小就被教導必須什麼事都照著老師父母的話做，一旦沒有人下指令，反而什麼事都做不成。」

「什麼玩意兒啊，這不就跟最近的上班族沒兩樣嗎？」錢箱說。

「原因是一樣的。因爲考試地獄越來越低年齡化，所以症狀出現的時間也提早了。」

「唉，眞是世風日下。」

這兩人的對話讓福富無法置身事外。孫子健太連來到這裡，還依然掛念著讀書的事，這不就像是現今的工作狂上班族嗎？

三名老人再度開始探視其他小孩的狀況。某個女孩因爲怕弄髒衣服被母親責罵，因此既不敢搭乘遊樂設施；也不敢在長椅上坐下，只敢佇立在某個地方。而另一名男孩雖然興致盎然地瞅著打靶機，卻遲遲不下場玩。問他爲什麼不玩，他的回答是：「因爲我不擅長玩這個。」他像強迫症般地被「凡事皆須盡善盡美」的觀念給束縛住了。

「怎麼會這樣？沒有半個小孩有小孩樣。」繞了一圈後，錢箱感嘆的說道，「他們完全像是日薄西山的中老年人。」

「這個世界簡直是瘋了。」寶船丟下這句話。「對那麼小的孩子施行塡鴨教育是不可能會有好下場的。家長們根本就在狀況外，那群孩子在被我們綁架之前，早就被名為文憑社會的怪物給綁架了。」

## 8

隔天早上，一輛輛警車魚貫地開進福富家大門。這些車都是野田找來的，其中數輛還兼具護衛運鈔車的功能。運鈔車裡面塞滿了二十億圓，也就是說包含健太在內，被綁架的小孩共有二十人，而這正是健太幼稚園班上的總人數。

健太以外的十九名小孩的家長也在福富家齊聚一堂，不只如此，連親戚朋友、福富財團相關企業的社長及要員、知名藝文人士亦全數出席。由於會客室無法容納所有來賓，一干人便被安置在宴會用的大廳等候；不過在嫌犯主動聯絡之前，眾人只能枯坐乾等，任憑時間一分一秒流逝。不容許客人受到一絲怠慢的政子，旋即十萬火急地找了愛樂交響樂團，來辦了場迷你演奏會。接著她又想到或許有人正飢腸轆轆，因此又找來了知名餐廳的廚師們，準備了許多可以站著大快朵頤的料理，儼然一場家庭宴會。

「今日承蒙各位來賓為了小犬健太的綁票案特地蒞臨寒舍，本人不勝感激。」政子甚至還發表開場演說。「能夠得到這麼多來賓的支持與鼓勵，我相信健太一定可以平安歸來；此外，我們還遵照嫌犯的指示準備了二十億圓，以做為健太的贖金。」說到金額時，她面露得意之色，稍稍提高了自己的音量。全場來賓聽到後，不禁發出聲聲驚嘆。

其他那些小孩遭到綁架的家長雖然也身在會場，但他們對政子的發言並沒有絲毫微詞。畢竟對方替自己負擔了全額贖金，自己沒什麼立場說三道四。

「接下來，我想請今日即將大展身手的重要人物來爲各位說句話。請各位歡迎人民的保母——野田縣警總部長。」

這時的野田正愁眉苦臉地觀察群眾，面對政子突然的指名，他嚇得腿都軟了。

「呃、這……我不好意思上去……」

「您就別客氣了，讓各位來賓聽聽您鋼鐵般的決心吧。」

最後野田還是被趕鴨子上架了。

「呃……我是縣警的野田。今天我絕對要將可恨的嫌犯逮捕歸案，請各位拭目以待。」

野田一說完，底下馬上傳來「說得好」、「日本之光」、「老大」之類的呼聲。

當他冷汗直冒地走下講臺，屬下們隨即一擁而上。「總部長，嫌犯寄來了包裹。」

「什麼？眞的嗎？」

「是的。」

「你怎麼知道是嫌犯寄來的？莫非你開過包裹？」

「不，我還沒有打開，但相信您看了之後也會認定是嫌犯寄來的。爲了預防萬一，我已經將包裹送到後院了。」所謂的「萬一」，指的就是包裹內可能藏有炸彈。

「好！」野田對福富政子說明了緣由，請她一同前往後院。

到了後院，兩人便看到成堆的紙箱，數量共有二十個。

「這些全都是嫌犯寄來的？」

「好像是。」

野田首先望向寄件者欄，上頭只寫著「綁架犯」三個大字。原來如此，確實一看就知道是嫌犯寄來的包裹。

「他在玩什麼鬼把戲？好，打開來看看！」

在野田的命令之下，防爆小組透過遠端操作慎重地選了一個箱子打開，而其他人則遠遠地站在一旁觀看。費盡一番功夫後，箱子是打開了，但沒有爆炸。裡面的東西似乎只有碟型天線和通信裝置。

「這是啥？」野田探向紙箱，歪了歪腦袋。緊接著，他又命令屬下打開了全部的箱子，但內容物卻一模一樣。唯一不同的，就是天線上標示著一到二十號的數字。

這時福富家的傭人衝了過來。

「總部長先生，您的電話。」

「誰打來的？」

「這個嘛……呃……」傭人搔了搔臉頰。「他自稱是嫌犯。」

野田聽了立刻飛奔而出，跑到會客室拿起話筒。「我是野田。」

「嗨，包裹好像送到了，你打開來看過沒？」

「看過了，那些東西到底是什麼？」

「沒什麼啦，只是單純的對講機罷了，就是衛星通信那種。裡面應該有說明書，記得要仔細看過之後才能使用。碟型天線我已經調整過了，可以把它們安裝在車頂上。」

嫌犯的態度依然囂張跋扈，讓野田聽得一肚子火。「你想要我怎麼做？」

「首先，將準備好的錢分配到二十輛警車上。」

「也就是一輛警車裝一億圓？」

「喔？你們準備了二十億啊？」

「有什麼不對嗎？一個人一億，全部加起來不就是二十億？」

「我懂了，那就這樣做吧。把錢分配好後，接著就將對講機安裝到警車上，電源可以從點菸器上拆下來。對了，不知道你有沒有注意到天線上面標了數字？」

「有啊。」

「那些號碼就是我到時用來叫號的編碼，麻煩你吩咐駕駛的警員把它記下來。一號車是給你搭的，畢竟如果沒有負責人，遇到問題時就頭大了。」

「沒問題，反正我本來就打算要坐上去。」

「不錯不錯，真是有種。我會用無線電給予你們指示，二十輛車的周波數都不盡相同，請你先做好心理準備。」

「你就是爲了這個，特地準備對講機？」

「是啊，不行嗎？因爲你們到時會開到稍微遠一點的地方，我不確定警用無線電或手機能不能收到訊號嘛。」

野田覺得疑惑，對方到底想要警方把車開到哪裡去？

「當以上的事項準備完畢後，在六點之前吩咐所有警員坐上警車，而且要能夠隨時出發。到這裡有沒有什麼問題？」

「什麼時候可以放了小孩？」

「這個問題留到交易成功後，我再回答你吧。先這樣嘍，六點時我會再聯絡你的。」

和嫌犯通話完畢後，野田立刻對屬下下達命令，接著和搜查一課的課長商討對策。

「爲什麼他會要求將贖金分配給二十輛警車運送？」野田首先提出疑點。

「會不會是因爲覺得光憑一輛警車很難運送二十億圓？」某個刑警說道。

「即使如此，一輛一億圓也太費時費力了。」搜查一課課長反駁。

「我還是認爲他的目的是爲了擾亂辦案。以警備的立場來看，二十個目標……這數量未免太多。」

「說得有理。」野田同意他的看法。「也就是說，嫌犯企圖讓我們無法顧全每輛車的警備。」

「除此之外，我想不到其他的可能。」

「好，總之就先請附近縣市的警力協助我們，因爲我們無法預知嫌犯會要求我們移動到哪裡。接下來再緊急湊足二十支手機交付給每輛警車的員警，以防止大家分散。」

時間終於到了六點。

「野田老弟在嗎？」當野田坐在一號車的副駕駛座等候時，對講機的通話口傳出了聲音。

野田拿起麥克風。「我在這兒。」

「很好，你們可以出發了。首先從國道南下，接著再開上東名高速公路；之後就依下行車道一路開下去，記得不要超速。」

「要開到哪裡？」

「你不用管這些，趕緊出發就是了。」

通話結束了。沒辦法，野田只好指示其他警車出發。

# 9

牆上的巨大螢幕顯示出一張地圖，有二十個點正在上面移動著，每個點上都標有一到二十的數字。

「再沒多久就要走到岔路了。」錢箱說道。畫面上的二十個點目前正井然有序地朝著高速公路西行。「差不多該下指示了吧？」

「也是，好！」寶船拿起麥克風。「野田老弟，請說。」

「我是野田。」螢幕上傳出極爲不悅的聲音，錢箱差點忍不住笑出來。

「到達下一個交流道時，一號到十號要下高速公路，而十一號到二十號則繼續開在高速公路上。這樣了解嗎？」

「爲什麼要兵分兩路？」

「這個就要你自己想囉。總之照著我的話做吧。」

「我知道了。只要在下一個交流道讓一到十號下高速公路就可以了吧？」

「麻煩你一字不漏地，如實吩咐你的屬下。」

「一號到十號車輛下了高速公路之後，要做什麼？」

「下去後會遇到一個T字路口，屆時就右轉直走。」說到這兒，寶船關掉通話，看向地圖。「到下一個岔路還需要三十分鐘。」

一號車下了交流道離開高速公路後，遵照嫌犯的指示從T字路口彎向右方，而二號車到十號車也一一跟進。緊接著，警車、休旅車、警用摩托車等警備車輛也追了上去。這排詭異的車隊在高速公路上已經讓周遭車輛的駕駛避之唯恐不及，在一般馬路上更顯得格格不入；連行人們都瞅著警車的行進方向不放，猜想是不是有什麼刑案發生了。

「該死的嫌犯，他果然是想讓我們分散兵力！」野田語帶憤怒。車隊分成兩組，就代表警備車輛也必須各分一半。

手機響了。野田旋即接起電話，打來的人是坐在十一號車上的搜查一課課長。

「剛剛嫌犯下指示了。」

「什麼樣的指示？」

「十一號車到十五號車要在下一個交流道暫時開出高速公路，接著再從上行車道重開一次來時的路線。」

「搞什麼，又要把車隊分成一半？」

「怎麼辦？」

「沒辦法，只能照他的話做了。記得把警備車隊也分成兩組。」

「是。」

掛掉電話後，野田嘆了口氣。嫌犯到底在打什麼鬼主意？

對講機傳出了聲音。「嗨，野田老弟，是我。」

「又有什麼事？」野田怒吼道。

「怎麼，你好像心情很不好嘛！現在才開始不爽，已經來不及啦。老弟。」

「閉嘴！什麼『老弟』，給我放尊重點！」

「嗳，你別這麼激動嘛。再沒多久，你們就會看到一條通往富士五湖的道路，轉進去後直直開到河口湖，接著再進入中央車道（*9），聽懂沒？」

「接下來呢？」

「到時我會再聯絡你，拜啦。」通話單方面地中斷了。

野田一行人的車隊進入中央車道後，隨即又接到嫌犯的指示。

「一號到五號車在大月交叉口（*10）那兒開到下行車道，其他車則開進上行車道。」

「等等，可以告訴我最後會開到哪裡嗎？」

「你知道這些有個屁用呀？別管這麼多，乖乖照我的話做就是了！」說完後，嫌犯不等野田回話，就切斷了通信。

「可惡——這下子不是全被他牽著鼻子走了嗎？」野田恨得咬牙切齒，但現在除了聽從嫌犯的指示外，別無他法。

沒多久，大月交叉口出現了。野田的車隊中有五輛警車開入下行車道，而其餘則開向上行車道；到了這裡，警備隊又減少了一半。

「他一定是想藉此削減我們的警力！可惡，怎能讓他稱心如意！」野田一拿起手機，馬上撥給搜查一課課長搭乘的十一號車。

「這裡是十一號車。」聽筒傳來課長的聲音。

「喂，我是野田。你那裡的狀況怎麼樣？」

「現在我們正開在首都高速公路上，再一會兒就要分成兩組了。」

「分成兩組？怎麼分？」

「他要我們從十一號到十三號車經由練馬進入關越車道，而十四和十五則開進東北車道。」

「警備呢？」

*9 日本東京都與山梨縣富士吉田市、兵庫縣西宮市、長野縣長野市連絡的國土開發幹線車道，爲高速國道之一。

*10 大月交叉口，連接山梨縣大月市的中央車道本線和富士吉田線。

「老實說很薄弱。」搜查一課課長的口氣聽來有些消沉。

「聯絡那附近的警察，叫他們協助警備。」

「是。」

「順便知會一下其他的警車。照這樣看來，我們很有可能會被一一分散。」

「是。」

和搜查一課長結束通話後，野田也對其他車隊下了同樣的指示。西行於東名高速公路上的十六號到二十號車尚未遭到分割，但一過了名古屋便會遇到眾多岔路，屆時必然會被強迫分組。

聯絡完一輪、掛上電話後，對講機隨即傳出了嫌犯的聲音，儼然對方已嚴陣以待許久。

「就快到岡谷交叉口了。你們就這樣直直往西走，至於四號車和五號車，我會吩咐他們往松本方向行駛。」

「你到底想幹嘛？爲什麼把我們分散得這麼徹底？這樣一來你還得兜上好大一圈才收得完錢，不是很麻煩嗎？」

「謝謝你的關心。不過呢，我們不需要動，需要繞來繞去的只有你們。拜拜。」

## 10

時間剛過凌晨兩點，寶船滿太郎打了個大大的呵欠。

「到了這個時間，還眞是敵不過睡意啊。哪像以前，喝到天亮根本就是小事一樁。」

「連你這個人稱『夜店帝王』的男人，也敗在歲月的摧殘下啦？」錢箱賊笑著說，「沒關係，再撐一下就結束了。」

「嗯，我知道。畢竟他們已經幾乎全部都快抵達指定位置了。」寶船邊說邊看著牆上的畫面。

二十個點目前正散落於整個本州（*11）島上，最西遠至岡山縣，最東則位於岩手縣，兩輛警車都不是行駛在鬧區。現在他們應該已經開進深山裡了吧？不，不只他們，其他十八輛應該也相去不遠。

「叫他們開到那種荒郊野外，不會有問題吧？」福富一臉擔憂的問道。

「別緊張，靜靜看下去吧，接下來只要再給每輛警車發出一次指示就行了。但話雖這麼說，加起來也要聯絡個二十回，眞算不上輕鬆啊。」說完後，寶船按下對講機的開關。

*11 日本最大的一個島，位於日本列島的中部。

野田焦躁地望向前方的黑暗。他所搭乘的一號車現在正行駛於石川縣與岐阜縣的邊境，周遭盡是大片森林，加上時間已經是深夜，連野田和負責駕駛的警官都無法正確掌握目前車子正開往何方。

對講機發出了聲音。「嗨，辛苦啦。」

聽到嫌犯悠哉的語氣，野田氣得眞想殺了對方，而促成他產生這個想法的正是睡意和疲勞。

「你到底想把我們帶到什麼鬼地方啊？」野田怒氣沖沖地問。

「就快到啦。再往前開個一公里左右會出現一條右彎的小路，往裡邊開到底就會看到一座舊祠堂。祠堂裡有個大紙箱，你就把它打開來看吧，接下來的指示就放在裡面。就這樣，路上小心。」

「那錢呢？」當野田問出口時，通信已經切斷了。

沒辦法，野田只好吩咐司機照做。行駛了一會兒，前方果然出現嫌犯口中的小路，於是警車就開了進去。

沒多久路就走到底了，豎立在那兒的是一座搖搖欲墜的祠堂。野田走下警車伸了個懶腰，接著步向祠堂。

一打開門，紙箱便出現在野田面前。兩個負責開車的警官將它拖出來放在地上，打開了蓋子；裡頭裝的是一疊類似紅色塑膠布的東西和四方形的黑箱子。箱子上面有個蓋子，而蓋子上面則放著一張紙。

『打開黑箱的蓋子，放入五百萬圓。闔上蓋子後按下箱子旁的按鈕，離開紙箱。以上。』

「眞奇怪，爲什麼是五百萬圓？」警官說道。「虧我們特地運了一億圓過來。」

「總之先照著做吧。」

他們從警車上拿了數疊百萬圓紙鈔放進箱內。原來如此，裡面恰巧可以放進五疊紙鈔。闔上蓋子後，野田再度上下打量了箱子一遍，接著按下旁邊的按鈕。

說時遲那時快，紙箱中的塑膠布猛地破箱而出，讓野田嚇得一屁股跌坐在地上。仔細一看，原來塑膠布並非衝出箱外，而是被吸入的氣體逐漸撐大了體積。塑膠布一下子就膨脹到約莫直徑兩公尺，甚至還開始飄向天空，看來當中的氣體似乎是氦氣。黑箱子就綁在氣球的下端，野田一行人就這樣眼睜睜看著這個裝有五百萬圓的黑箱緩緩上昇而去。

「快追上去！」野田對警官們下達命令，迅速搭上警車。

然而，當司機踩下油門，就明白一切爲時已晚；氣球高高地往上飛去，消失於黑夜中。

「不行，找不到！」坐在駕駛座的警官抬頭望著天空，語氣相當絕望。

野田急忙撥電話向其他人求助，但不知是因爲地處深山，或是因爲屬下們的所在地出了些問題，電話並沒有接通。

「快開到鬧區！」野田命令司機。

由於他們到此地的行經路線淨是些複雜的山路，因此光是離開這裡，就花了一小時以上的時間。折騰了老半天，電話終於接通了；第一個聯繫上的人是搜查一課課長。

「對不起，我們中計了！」課長的聲音近似慘叫。「現在我們的位置是奧利根（*12），在大約一小時前，氣球劫走了五百萬圓！」

## 11

「今天，全國各地都有民眾目擊到不明飛行物體。根據目擊者表示，該物是類似紅色或藍色的鮮豔球狀物，飄浮在深入雲端的天空中。除此之外，在岐阜縣的稻田中也發現了狀似粉紅色氣球的墜落物。關於以上現象，警方尚未發表任何說明。」

自氣球從野田一行人眼前飛上天空後，已經過了十幾小時的時間。搜查本部現在正忙著收集氣球的相關情報。

「總而言之，一點頭緒也沒有。」搜查一課課長有氣無力地搖搖頭。昨晚的奔波已經讓他筋疲力盡，下眼瞼烙著重重的黑眼圈。「雖然發現了好幾個墜落在地的氣球，但其中都沒有現金，看來也不像是被歹徒拿走的；由此可見，那些氣球應該不是我們當初看到的東西。」

「這是聲東擊西之計！」野田大力拍桌。「為了不讓我們追上氣球，歹徒故意放出好幾個假貨來擾亂辦案，眞是一群老奸巨猾的混帳！」

「自衛隊也出面幫我們尋找了，但終究找不到尚在飛行中的氣球。」

這還用說？——野田在心中說道。天空那麼寬廣，直徑才兩公尺的小氣球是不可能被輕易發現的。

「自衛隊說若從氣流來推測，氣球在今天天亮前八成會飛到太平洋那一帶。」

「那是指沒有動力的情況吧？」

「是這樣沒錯……」

有個搜查員說他在氣球飛起來時，用手電筒照了過去，發現黑箱子下面有一個折疊式螺旋槳。眞相大白，原來嫌犯是用某種方法來操控氣球的去向。

「查出對講機的發訊地了嗎？」野田問道。

*12 位於群馬縣。

「現在我們正委託全國的電信業者進行調查。製造商錢箱電產我們也問過了，但對方說不清楚。」

「問製造商大概也是白搭吧。」野田點點頭。「好，總之就循著這條線索著手搜查，畢竟它可是唯一的物證。」

「是。」搜查一課課長滿臉疲憊地回答。

在遊樂園待了三天之後，小孩們總算恢復活潑開朗的表情。他們可以自由自在地玩耍，不再害怕失敗。除此之外，這裡也產生了秩序；孩子們當中出現了領袖，簡單說就是回到了原本的孩童社會。

「太好了，太好了！小孩子就是要這樣才像話嘛！你看他們的表情，每一個都神采飛揚呢。」戴著紅毛猩猩面具的寶船看著在巨大沙坑上奔跑的孩子們。

「不過他們也漸漸開始想家了，昨晚小紫還嗚嗚哭了好一陣呢。」福富說道。

「很好啊，這才像小孩子嘛。撒嬌也是他們的義務之一喔。」錢箱說。

在沙坑堆了座隧道的健太正想讓玩具汽車通過去，這時——「啊，是氣球！」他抬頭望向天空。

聽到這句話，其他小孩也跟著往天空看去。「啊，眞的耶。」

「是紅色的氣球。」

「它往這裡飛過來了。」

三個老人也把頭轉向天空望著。紅色氣球不偏不倚地往他們飛去，後方不遠處還尾隨著另一只藍色氣球。

錢箱拿出懷錶。「比我預料的還快，看來氣流幫了我們不少忙。」

「你到底裝了什麼機關？」福富佩服不已。

「其實也沒什麼，只是從這裡發出信號把它們引過來而已。減輕電源這方面花了我不少功夫，幸好有用了太陽能電池。」

「眞了不起！氣球這點子是錢兄想出來的嗎？」

「算是吧。我在戰時曾設計過氣球炸彈，所以就藉機用上了。」

「那個炸彈是被設定爲投到美國的吧？」寶船問。

「沒錯。跟那個比起來，讓氣球著陸在這座離本土(*13)僅僅數十公里的小島上，簡直比放屁還簡單。」

色彩繽紛的氣球一個個浮現於西邊的天空中。它們緩緩降下高度，掉落在遊樂園內。

*13 指北海道、本州、四國、九州、沖繩本島。

「各位小朋友，大家來撿氣球吧。」在福富一聲吆喝下，孩子們精神十足地奔了過來。

二十個氣球全都被孩子們一個不剩地撿了回來。每個氣球下面都塞滿了五百萬圓的紙鈔，二十個加起來總共是一億圓。

接下來，只要將所有孩子還給父母後就大功告成了。和綁票時一樣，他們打算用特殊催眠瓦斯讓孩子們陷入沉睡。

「大家都累了吧？在這間房間裡好好休息，等到你們睜開眼睛時，就是到家的時候嘍。」福富對孩子們說。

「你們要再帶我們來這裡喔。」床上的男孩說著。

「嗯，我答應你。」

「各位小朋友，當你們回到家後，第一件要做的事是什麼？」錢箱問。

孩子們稍稍思考了一會兒，接著便異口同聲地回答：

「讀書！」

戴著猿猴面具的三名老人面面相覷，輕輕嘆出一口氣。

# 天使

這種生物是在南太平洋的某座小島上被發現的，發現者是一名美國的生物學家。他待在小島的目的是調查數年前這附近的核能實驗所造成的影響，想當然耳，他不可能放過這個樣貌驚人的生物與輻射線之間的關聯性，而其他學者也和他看法一致。美國政府獲悉後馬上封鎖住這個大發現的相關訊息，並且命令學術團體徹底調查這個不可思議的生物。

從結論來說，雖然相關團體對該生物進行了相當多的檢查與實驗，但依然無法找出牠與核能實驗之間的關聯，也沒有發現任何有害於人類的因子。美國政府看準時機後，允許學者們對外發表發現新生物存在的事實。

當這個大新聞傳遍全世界的網路時，該生物已經被取了名字。命名者是研究團體的領導者，但他取的名字卻幾乎沒有人反對；畢竟除了這個名字以外，再也找不到更適合的了。

新生物的名稱叫做「天使」。

當天使第一次出現在民眾面前時，已經是一年後的事。沒錯，人們是透過映像管看到牠的模樣。但這不可思議的生物還是讓民眾驚愕、懷疑自己的眼睛、進而開始懷疑媒體。也就是說，大家認爲這若非是某人的惡作劇；就是電視臺的整人節目。雖說以前英國的報社也曾經刊載過捕獲尼斯湖水怪的新聞，但發表天使相關報導的日期並非愚人節，播送這則新聞也不只一天兩天，更何況也沒有媒體主管出來靦腆地笑著訂正這則大新聞。事實上，爲了預防觀眾產生任何疑慮，電視臺主播還相當貼心地一邊播放天使的影像，一邊說著以下這段話：

「各位觀眾，這則新聞絕對不是惡意捏造出來的玩笑。這種生物確實棲息在我們所不知道的地方，我們只能將牠稱之爲『奇蹟』。」

主播都這麼聲明了，觀眾也只能認同畫面上的影像，接著再度發出驚叫聲。

天使的身體是白色的，表皮跟果凍一樣柔嫩光滑。體長最長可達五十公分，但大部分僅有十幾公分。共有四隻腳，不過前肢的部分或許該稱之爲「手臂」，因爲天使在步行時，大多只使用後肢。天使沒有尾巴。

天使屬於脊椎動物這一點應該是沒有爭議的，那麼該分爲哪一類呢？學者專家們對此提出了不同的意見。

「牠們是卵生，而且卵的外觀跟青蛙卵一模一樣，大小接近乒乓球，裡面的核也不是黑色，而是有點白白的顏色。由以上的特徵來看，各位或許會認爲牠們和青蛙一樣是兩棲類，但該生物的幼體外觀並不像蝌蚪，而是已經和成體擁有相同的型態。最重要的是：天使的棲息地是大海，這說明了牠們並非兩棲類，因爲兩棲類是無法在海水中生存的。但是，要說牠們是爬蟲類或哺乳類也有些牽強。總之，該生物的身體構造或器官大部分都找不到前例可循。」

以上是某節目的學者來賓的說詞。

「有一部分的人認爲牠們是在輻射線照射下產生突變的畸形生物，不知您的看法如何？」新聞主播提出了個一般人會想知道的問題。

「目前我們還找不到牠們與輻射線之間的關聯。天使身上並沒有發現絲毫的輻射線。」

接著主播又問了個一般觀眾會有興趣的問題。

「牠有沒有可能是來自外星球的生物？」

面對這個問題，正經八百的學者既沒有笑出聲，也沒有大發雷霆，只是淡淡地回答：

「可能性不高。我們曾分析過天使的身體結構，但一直到分子階段都沒有發現不屬於地球的物質。」

「那麼，」主播一臉嚴肅、沒好氣地問道，「牠到底是什麼玩意兒？」

「現在我們正針對其基因進行調查。最有力的說法是——牠可能是由深海魚進化而來。」

「深海魚嗎？」

「是的。不過，到底爲什麼牠們會進化成這個樣子，仍是一個謎。」說完後，學者望向螢幕上的生物。

天使是有五官的——這麼說也不對，據學者所言，那並不是五官，只是頭部的突起物罷了。天使既沒有眼睛也沒有鼻子，僅有一張嘴。只是嘴巴上的凹凸處，看起來很像眼睛和鼻子而已。再往上瞧，上頭甚至還有宛如頭髮般的紋路。根據這所有特徵構築出來的「臉」，簡直就和傳說中的天使如出一轍，而那既白且柔軟的胴體也容易使人聯想到人類的嬰兒。該生物還有另一個不容忽視的特徵——或許是深海魚時代遺留下來的產物吧？牠們身上長有小小的魚鰭，而這兩片魚鰭就彷彿羽翼般地並列長在背上。

最先在日本成功開放大眾參觀天使的，是大阪的某家百貨公司。紐約和倫敦早已先後開放，而大阪則是世界上第三個開放地點。這時成功捕獲到天使的只有美國，遭捕獲的天使也都在專屬研究所的嚴格控管之下，因此若想讓民眾參觀天使，就得先到該設施商借，而且還必須繳交巨額合約金並辦理各種繁雜的手續。大阪的百貨公司之所以能夠順利開放參觀，唯一的原因就是他們撒了比合約金更多的鈔票走後門。本來巴黎應該會搶先開放的，但大阪商人卻硬生生強取豪奪，這就是事情的眞相。

不過，或許牠眞有得罪法國政府的價值。舉辦天使展覽會的百貨公司客潮連日爆滿，每個客人都想親眼看看這世上的稀有生物。

「請不要停下腳步，請不要停下腳步。已經看過的來賓麻煩迅速往前。不好意思，請遵守排隊規則。請各位排成兩排前進。」

手持擴音器的工作人員不停地發出怒吼。一旁的警衛尖著眼睛，搜索暗藏相機偷拍天使的不法之徒，一旦發現，便馬上不由分說地奪下相機、抽掉底片。

面對這種待遇，使得來參觀的民眾們個個怨聲載道。不過等他們一走到玻璃櫃前，每個人都不再吭聲。因爲天使是如此的讓人目眩神迷。

玻璃櫃中共有兩隻天使，一隻體長約三十公分，而另一隻則只有牠的一半大小。櫃中已經注入了海水，較小的那隻大部分都在水中。這時，較小的天使背上那看似羽翼的鰭動了幾下，宛如飛行般地開始移動；而較大的天使則常常攀上模型岩地，雙手貼著玻璃櫃的壁面，好奇地看著參觀的民眾。不過，畢竟牠們沒有眼睛，所以也不能稱之爲「看」就是了。

在天使的參觀者中最爲瘋狂的就屬年輕女客。她們在玻璃櫃前說出的詞只限於兩種，一種是「好可愛」，另一種則是「我也好想養」。

之後沒過多久，全國各地都舉辦了天使展覽會。之所以會演變成這樣，是因爲一來牠們在捕獲上已經沒那麼困難；二來雖然在生態上依然有許多謎團，但飼養上的專業知識多少已經建立，這兩點就是最大的理由。

「超夯的天使來了！」

如今全國各處都看得到打著此類標語的遊樂園和動物園，但就像其他一窩蜂熱潮一般，人們開始不若以前狂熱，而天使吸引人潮的威力也逐漸減退了。

然而，天使並沒有重蹈傘蜥蜴（*1）的覆轍，原因就在於牠們那奇特的容貌。不管如何解釋、說明，一般人看到牠們頭上的東西，只會覺得那是一張臉，而且還是人類嬰兒的臉——

不，正確說法應該是天使的臉。而牠們的胴體或四肢又和常出現在繪本中的天使極爲相似，雖然不少人因此感到不舒服，但大部分人還是覺得牠們相當可愛。

擁有這種特徵的動物，是不可能在一窩蜂熱潮過後就被人們忘懷的。牠們的立場已經從不特定多數人的展覽品升格爲極少數人的最愛，也就是開創了「寵物」這條新道路。最先將天使養來當寵物的是某個好萊塢女星，而她正巧也是美國某參議院議員的情婦。

一開始被藝人捧在手掌心當寵物的天使，後來一般人也逐漸養得起了。這多虧人工繁殖技術的成功，將天使弄到手，已經不再那麼困難。

不用說，牠們受歡迎的祕密一開始是在於那可愛的外觀，但後來人們漸漸發現飼養這種寵物擁有絕大的益處，而學者們早就知道這一點。事實上，天使這種生物的習性是食用不同於以往動植物的異樣食物，而它們正是人類最不善處理的東西，也就是——塑膠。

不知爲何，這種白色天使會吃塑膠和塑膠袋類的東西；像保麗龍、保鮮膜之類的牠也照吃不誤。

*1 *Chlamydosaurus kingii*，一九八四年左右曾在日本蔚爲風潮，之後便逐漸喪失話題性。

以下是住在狛江市的某個小學四年級男生所寫的一部分暑假日記，文中的「阿田」就是他飼養的天使名字。

「八月二日　晴　從寵物店買來的飼料已經用完了，我想做個實驗，所以就把我的舊三角板放進阿田的水族箱裡。阿田一開始沒有反應，但不久就把三角板拿在手上，接著從身體冒出黏答答、看起來很像油的液體。三角板接觸到那些油後馬上變得軟趴趴的，而阿田就像在吃可麗餅一樣地把三角板大口吃了下去。接著，我走到廚房把垃圾箱裡的泡麵碗撿起來丟進水族箱，阿田雖然握住它，但這次卻沒有噴出黏搭搭的油，而是直接像在吃仙貝般地喀吡喀吡地吃下肚。後來我連塑膠袋也丟了下去，同樣兩三下就被吃得乾乾淨淨。」

如同這篇日記提示的線索一般，人們發現了這種新寵物可以代爲處理不可燃垃圾。不只日本，世界各國現在都正爲了不斷增加的垃圾而煩惱著，天使的出現可說是足以解決這個問題的救世主。事實上，世界各地都已經開始著手研究如何利用天使來處理垃圾了。

天使就這樣以銳不可擋之勢滲入了人類的生活，幾乎不再是當初的珍禽異獸。

這樣一來，肯定會出現以下的人。

「欸，有沒有什麼吃的？我快餓扁啦。」

「哪有什麼東西，我根本沒錢買食物啊。不用找抽屜了，再怎麼找都不會有食物啦。」

「嘖，還眞的什麼都沒有。唉——好餓喔。喂，你既然那麼窮，幹嘛還養什麼天使？」
「不是我養的啦，是隔壁的人寄放在我家的。他們說要出去旅行一週。」
「哇賽，你都窮到要脫褲子了，怎麼這麼好心啊？」
「牠很好養啊，只要給牠吃垃圾就行了。」
「好像是耶。喔——長得挺可愛的嘛，好像女孩子喔。」
「天使是雙性動物，沒有雌雄之分。」
「對喔，好像沒聽過有人說男天使或女天使之類的。」
「話是這麼說沒錯，但牠們是由深海魚進化而來的動物，和傳說中的天使無關。」
「哇，翅膀展開了。」
「那是背鰭啦。」
「結果就是跟魚差不多嘛。喔——哇——嗯——」
「幹嘛笑得這麼賊？」
「欸，我問你喔，這東西能不能吃啊？」
「不……不要說這麼恐怖的話行不行？」
「哪會啊？牠不是魚嗎？是魚，爲什麼不能吃？」
「或許是吧，但一般人看到牠的模樣應該吃不下去吧？啊，喂、你幹嘛？不要把手伸進水族箱裡啦！啊——啊——啊——」

「喔！原來天使的觸感是這樣啊？摸起來好像蒟蒻喔，感覺也很像青蛙。喂，你看看，你不覺得大腿這附近看起來很好吃嗎？還有這肥嘟嘟的肚子，感覺也好鮮嫩多汁喔。嗚——我快忍不住啦！」

「喂，別鬧了，這是別人的寵物耶！要是牠出事了，我可賠不起。」

「你就說牠被野貓吃掉不就得了？總之我已經餓到前胸貼後背了，我要把這傢伙料理掉！」

「不行啦，你快住手……哇——哇——你怎麼拿菜刀出來啦？你是認眞的嗎？別鬧了啦，你把牠放在砧板上想幹什麼……咦！剁頭？不要啦，這樣太殘忍了……哇！還眞的剁了！你居然做出這種事……殺人兇手，不，殺天使兇手！怎麼了？你在找什麼？頭不見了？哇！在這裡啦！它掉到這裡來了！叫我撿？我怎麼敢啊！天啊……牠的臉充滿了怨恨，牠在瞪我啦。呃，我的意思是牠看起來『像是』在瞪我啦。阿彌陀佛、阿彌陀佛……啊，牠是天使，應該是阿門才對。隨便啦，總之你快放了牠……哇！你居然剖開牠的肚子！裡面有黏黏滑滑的東西跑出來了，那是……哇啊——是內臟啊！啊，你居然又剁了腳！唉——被你大卸八塊了啦。嘔！你怎麼生吃啊？咦？你說啥？好吃？少蓋了！那種東西怎麼可能好吃？叫我吃吃看……我才不想吃咧，我吃不下去啦。眞的好吃？你沒騙我？要是騙我的話，我可是會生氣喔。嚼嚼嚼……呃——我再吃一塊好了。嚼嚼嚼……嗯——喔——我懂了！嗯，這個嘛，味道的確還可以。平底鍋？你要拿來炒啊？我想，串在竹籤上再稍微烤一下，應該會比較……對對對，好香喔，沾醬油吃吃看吧。呼——呼——。……喔！眞好吃！吃起來不像魚也不像肉，油脂適中，眞是爽口！肉放進口中後味道馬上擴散開來，而當滋味到達飽和時，天使肉也彷彿同時在味蕾上融化。啊，你好詐喔，居然趁我不注意偷吃屁股肉！也讓我吃一口啦！嚼嚼嚼……嗯——太棒了。原來這世上有這麼好吃的東西呀。這下子頭痛了，我該怎麼跟飼主說明呢？咦？什麼？你說頭也很好吃？給我吃一口……」

將天使當作上等食材看待的，主要都是東方人，而其中又屬日本人最為積極，他們一下子就發現天使料理可以賺大錢。一開始這種料理只能在古怪食物餐廳裡吃到，沒多久一般店家也逐漸在菜單上加入這道菜，最後連專業級餐廳都引進了。這種食材的優點就在於不管日式、美式或中式料理都可以用牠做成主菜。

「今晚我們要招待客戶去吃天使鍋。」

「好好喔，眞羨慕。人家最喜歡吃天使的頭部了。」

「妳是說那看起來像是鬈髮的部分嗎？嗯——妳很內行嘛。」

「你也覺得牠的口感很好吧？一邊看著天使可愛的臉龐一邊咬下頭顱，這種感覺眞是太棒了！」

這樣的對話，在辦公室走廊已經成了茶餘飯後的話題。

然而，世事並不能盡如人意。當「日本人吃天使」這條新聞流傳到世界各國的隔天，抗議聲浪便直直撲向日本政府。

「太殘忍了！你們這樣還算是人嗎？」

「吃天使是對神的褻瀆！你們這群惡魔！」

「我不敢相信，怎麼會有人將那些可愛的孩子大卸八塊後吃掉呢？眞令人嘆息，眞令人難過！」

鬧到最後，終於召開了國際會議。會議的主題，簡單說就是「是否可以食用天使」。

「根據調查，天使肉對人體無害，天使的數量也沒有因此減少，所以吃了牠們有何不可呢？」這是日本政府的意見。

「問題不在這裡。人類身爲萬物之靈，居然大啖毫無反抗力、外觀酷似自己的動物，這種行爲太異常了！」這是反對派的主要意見，也可說是歐美各國的意見。很明顯的，他們的反對理由和宗教問題有著極大的關聯。

「雖說外觀酷似人類，也不過是碰巧長得像罷了，牠們和我們人類一點關係也沒有。」日本代表旋即反擊。「天使是沒有智商的，就算有也頂多是青蛙的程度。各位的國家不也都食用青蛙？」

「青蛙跟天使不一樣！」

「哪裡不一樣？」

「看到牠們的姿態時，我們的心情是不同的。我們可以從天使的姿態感受到神聖之氣。」

「你們是你們，我們可不同。日本人看到天使只會想到糖果製造商的商標。」

「所以人家才會說日本人缺乏國際觀！如果有長得跟釋迦牟尼佛一模一樣的生物，你們應該也吃不下去吧？」

「吃啊，好吃的話當然吃。」

「你們瘋了！」

這樣的論戰持續了好幾年，直到某天，投票表決的日子終於來臨了。食用天使究竟是對？是錯？

結果反對票佔了大多數，天使被列為保育動物，從此各國嚴禁食用天使。

引發新討論空間的契機，是發生在休士頓的某起事件。

當事人是某電子零件廠商的老闆。但雖說是廠商，也不過是承包ＩＣ基板的鄉下小工廠。

習慣比任何人都早到公司的他，那天依然一大早就獨自在工廠裡巡視檢查。他腦中想著：有沒有更能提高效能的方法？

他朝倉庫走過去。倉庫裡堆著一箱箱今天預定出貨給母公司的ＩＣ基板。雖然出貨的期限很緊迫，但這是他誇下海口說，可以比任何廠商都早出貨才到手的案子。工作如期完成，他終於鬆了一口氣；如果日期上出了任何差錯，以後可能完全接不到這家公司的案子了！

一踏入倉庫，他便感覺到腳邊有東西在動——原來是一隻天使。他覺得奇怪，到底牠是從哪裡闖進來的呢？最近到處都有野生化的天使，他也在報上知道了這件事。

過了一會兒後，他注意到周遭傳來奇怪的聲響。嚓嘰嚓嘰嚓嘰——他點亮倉庫的燈，接著呆立了十秒左右，發出悲鳴。

數百隻天使正團團圍著堆至天花板的紙箱。牠們打開紙箱大口啃咬裡面的ＩＣ基板，地上則散落著基板上的電子零件，主要都是金屬碎片。

這天第二個抵達公司的是負責會計的女職員。當她正前往自己的工作崗位時，聽到了既像怒吼又像哀嚎的聲音，而聲音傳來的方向正是倉庫。她戰戰兢兢地走到倉庫前，看到當下的光景後馬上大叫出聲——毫無疑問，這次是慘叫聲。

工廠的老闆正在用棒球棒敲爛天使們，而且不是一隻兩隻，而是將數十隻天使放進紙箱裡，接著用力敲打下去。沉重的聲響隨著白色的半透明肉塊、體液四處飛散，連老闆的衣服跟臉也被噴撒得一身血污。當他將眼前的天使們殘殺殆盡後，再度走入倉庫，用推車推出裝有數十隻天使的紙箱，接著重複方才的動作。天使們被一一肢解，頭顱、手腳散落四面八方。

最後，他在天使的屍體上點了一把火。這時其他的員工早已抵達公司，每個人都傻楞楞地望著老闆做出這一切，沒人阻止得了他。

「我殺紅了眼，腦中想的都是要保護自己的生活和公司。那些畜生把我珍貴的商品吃掉了大半，一想到生意會因此泡湯，我就抓狂了。嗯，我知道啊，我知道牠們是保育動物。那又怎樣？我們也是要生活的耶。你說牠們是天使？開什麼玩笑，牠們是惡魔！我對自己的所作所爲一點也不後悔，如果牠們敢再吃我的東西我就再殺，我會把牠們全都燒光、殺光！」

以上這段話是工廠老闆恢復理智後的發言。

事後才知道，原來那天工廠老闆殺掉的天使總數約有三百隻。工廠南邊三公里處有家加油站，天使可能就是在那裡繁殖的。證據就是：加油站內尚有兩百多隻天使，而附近民宅的電視、電腦也慘遭天使的肆虐。

每個人都知道，天使之所以會吃掉塑膠、塑膠袋等石化製品，是因爲牠們喜歡攝取石油；而飲用石油的天使，其繁殖能力更比普通天使高上十倍，這也是專家間的常識。之前沒有發生類似休士頓事件的慘劇，是因爲牠們基本上是水生動物，不會長時間在陸地上活動。然而，某些學者在深入調查這起事件後發現：有些天使已經開始進化成適合在陸地上生存的品種。野生化的天使，可能全都是這種陸生品種。

不到一個月，同樣的災害便再度發生：全美各地都發生了塑膠製品遭到大量啃食的事件。無獨有偶，所有的天使都在附近的加油站做了個巨大的巢穴。

遭到天使肆虐的並不只有美國大陸。只要是國內充斥石化製品的國家無一倖免，例如日本也發生了同樣的事件。某家利用天使處理不可燃垃圾的承包公司，辦公室內的所有機器在一夜之間成爲牠們的糧食。另外，電線的外膜也逃不過天使的侵襲，導致四處都在漏電或停電。使用塑膠做爲牆壁的民宅，整面牆也都被吃得一乾二淨。

最後，美國政府終於查出這群棘手的天使們正在可怕的地方繁殖，而那個地方就是油田。

各國首腦旋即聚集在一起召開緊急會議。他們在會議中確認了一件事：天使是人類史上最可怕的有害生物。距離牠們被列爲保育動物的時間，甚至還不到十年。

世界各地開始進行大規模的天使驅除行動，有時人們會使用火焰發射器，有時甚至連雷射都會搬出來使用。有些國家還鼓勵國民用天使的頭顱來換取獎金。事已至此，當然食用天使已經不再是問題。不過，日本人的喜悅並沒有維持太久。異常繁殖的陸生天使不只肉質僵硬，還散發出一股汽油味，根本讓人食不下嚥；好吃的就只剩下爲數不多的水生天使，但牠們的棲息地僅位於南太平洋的少數幾個區域，而且由於動物保護團體或環境保護團體施加壓力，現在該地依然禁止獵捕天使。

至於陸生天使，雖然各國都致力於獵捕驅逐，但數量卻一點都沒有減少。由於沒有發現有效的驅除劑，因此只能使用打死、燒死這類的原始方法。有些人已經開始謠傳：再這樣下去，地球上的石油化學製品會被牠們吞吃殆盡。

然而，事情突然有了轉機。

找出解決方案的正是法國的輻射研究團隊。他們本來是負責開發去輻射劑的團隊，畢竟到了二十世紀後半，輻射已經開始在全球累積，該如何去除輻射也是這個時代的科學家課題之一。

他們將試做出來的去輻射劑，以小型炸彈的型態試放在世界的幾個地點。結果不只輻射有效減少，同時還產生了另一個驚人的效用：棲息在該地的天使也被一併驅除。

不僅能消除輻射，甚至還能驅除有害生物，這簡直是夢想中的發明。這種被命名爲「藍色地球」的去輻射劑，對被天使肆虐的各國來說，儼然成了救世主。最後，星火燎原般地大量繁殖出來的天使們一下子便銷聲匿跡，存留下來的就只剩下棲息於南太平洋的水生天使。

環境保護團體說話了。「南太平洋也應該投下『藍色地球』，我們必須讓地球恢復爲沒有輻射的美麗星球。」

動物保護團體說話了。「我們堅決反對在天使區域投下這種驅除劑，這麼做肯定會讓瀕臨絕種危機的水生天使慘遭滅絕。」

「可是就只有那裡殘留大量的輻射，這是環境上的問題。」

「人類不能擅自消滅珍貴的生物！」

根據研究結果顯示，天使必須仰賴輻射生存。由於人類在二十世紀頻繁地進行核子實驗，使得輻射濃度增高，牠們才得以繁殖成功。誰也無法否定，牠們是因爲海底的地下核能實驗的影響，才從深海生物突變成爲天使。

「我們必須讓多餘的輻射從地球上消失。」

「人類有義務守護其他的生物。」

他們的論戰始終得不出一個結論。

以下是距離地球七十八萬光年的某行星上的對話。

「那個星球的生態體系似乎又有了些微的變化。」
「喔？是怎樣的變化？」
「輻射物質的量突然減少了，消除它們的好像是主生物。」
「這樣啊，跟我們模擬出來的情況一樣。」
「嗯，到目前爲止都在我們的預料之中，包括主生物對新生物的反應也是一樣。」
「只要分析一下那個星球的主生物至今的行動模式，就可以簡單猜測出來。牠們表面上看起來很珍惜自己以外的生物，但其實既任性又善變，會根據其他生物對自己的利弊來決定該生物的存亡。」
「牠們對環境也是抱持同樣的看法吧？」
「是的。牠們最重視的環境其實就是指自己能住得舒服的條件，所以才會想要去除輻射物質。」
「太蠢了，明明輻射就是牠們自己做出來的。」
「以宇宙上的觀點來看，牠們會讓那個星球充滿輻射，是相當自然的事。對了，對了，還有那些牠們稱爲『塑膠』的合成物質也是。」
「舊生物就是這樣創造出從未有過的物質，來爲新生物們的舒適居住環境立下基礎。像這樣的統治者輪替在廣大的宇宙中是常有的事，不過……牠們應該還不曉得這一點吧？」

「牠們現在正卯足了勁想延續自己的生命呢。消除輻射只是垂死掙扎罷了。」

「根據模擬試算，這顆星球接下來會如何？」

「到了某個時期，牠們又會開始一場輻射大戰，但這次在消除輻射之前，牠們就會先行滅亡。」

「接著就是新生物時代的到來，對吧？」

「屆時，該星球已經變成適合新生物居住的環境了。」

「那麼，那顆星球會變成什麼顏色？」

「大概是紅色吧。」

「新生物們應該會覺得那是那顆星球本來的顏色吧？就像現在的主生物們認爲藍色才是星球正常的顏色一樣。」

「對那顆星球來說，藍色跟紅色哪有什麼差別？」

「就是說啊。」

# 手工狂夫人

差五分下午一點，安西靜子走出自己家。目的地是走路五分鐘即可抵達的地方，但她壓根也不想在約定的時間之前抵達該地。

靜子想：一個月就這麼一次，忍一忍就過了。若是不這麼想，根本無法熬過那憂鬱的時光。

靜子邁著不算輕快的腳步，走過橫越住宅區的東西向道路。

這座新市鎮（*1）居住著三百戶以上的居民。只不過，戶長大部分都是ＡＢＣ電機這間家電廠的員工。從這裡開車到公司，只要十幾分鐘的時間，就實質上來說，這塊土地算是爲該公司的員工而開發的。

當然，靜子的丈夫也是ＡＢＣ電機的職員。他所在的部門是研究開發部，最近才終於開始擁有自己的下屬。

就在一年前，他們買下了這個家。好不容易得到夢寐以求的獨棟住宅，一開始靜子每天都過得相當愉快。

搬來約莫一個月後，她便獲知富岡夫人的茶會。告訴她這個消息的正是同住在這座社區裡的鳥飼文江，她的丈夫在ＡＢＣ電機擔任的是設計課長的職位。

富岡夫人的名字叫貞子，是ＡＢＣ電機富岡董事的妻子。而富岡董事正是研究開發部和ＩＣ技術部的主管。也就是說，對靜子和文江而言，富岡夫人是「丈夫上司的太太」。

這位富岡夫人每個月都會召集「丈夫屬下的太太」來舉辦一次茶會，於是鳥飼便問靜子：「妳想不想一起去？」

麻煩死了——靜子心想。在公司要應付上司就已經夠煩了，為什麼連私生活也得受上司打擾？靜子覺得反感，何況她的丈夫也說過不必去那種地方應酬。

然而，靜子還是決定要參加下次的集會。她想，或許能在提高富岡對自己丈夫的好感這方面有所貢獻。

但是現在靜子十分後悔參加這個茶會。如果一開始就不參加，雖然無法替自己的丈夫印象加分，卻也不必擔心扯他的後腿。之前沒想清楚就參加，結果現在已經抽不了身。

接下來還得繼續參加這個聚會多少年？——想到這裡，她的心情不禁沉重起來。靜子想像著：如果畫成漫畫，現在自己的額頭上大概正佈滿斜線吧。

有四位太太已經抵達富岡公館的會客室。鳥飼文江、町田淳子、古川佳惠這些老班底依然一如往常，但另一位年輕女性卻是生面孔。鳥飼文江介紹道：「這位是田中廣美太太，上個月才剛搬來這裡，今天是首次參加這個聚會。」

＊1 new town，指事先經過周密計劃所興建的新城市或大型社區，通常位於城市的郊區，主要目的是舒緩市中心過多的人口和由此產生出來的種種社會問題。

「請多多指教。」田中廣美低頭行禮。

「哪裡哪裡。」靜子一邊報以微笑，一邊想著：又多了一個犧牲者。

富岡貞子走進會客室後，先看了看牆上的時鐘，接著又看了看在場成員。

「山田太太和佐藤太太好像還沒來呢。」富岡夫人那藏在無框眼鏡後面的目光似乎冷冷地閃了一下。

鳥飼文江挺直腰桿，轉向董事夫人。

「呃、那個……山田太太是因爲親戚遭逢變故，所以……呃……想要請假一天。她本人……呃……也感到相當遺憾。」

「唉呀，是這樣啊？那眞是不巧啊。」富岡夫人這時狀似同情地皺緊眉頭。「所謂的親戚，是遠房親戚呢？還是近親？外子他知道這件事嗎？如果有必要，應該打個電報弔唁才是。」

「呃、這個、是遠房親戚……啊，不過並不是熟到需要出席喪禮的親戚……所以總而言之，可以不必費心地打電報弔唁。」鳥飼文江吞吞吐吐了老半天，總算說完了。

「是這樣啊？若是如此，不打電報或許是比較好的做法。那麼……佐藤太太呢？」

「佐藤太太的小孩發高燒，所以請假一天。」回答的人是住在佐藤家隔壁的町田淳子。

「唉呀，是感冒嗎？」

「應該是吧。」

「人家說今年的感冒很難纏呢。那麼，稍後我就去佐藤家探望他們吧，也得帶些伴手禮才行。」

聽到這席話，町田淳子慌了。

「呃、這個……佐藤太太說感冒並不嚴重，所以不必多加費心……」

「這樣啊？不過，感冒也不能輕忽大意……」

夫人陷入沉思。靜子心想：她看起來十之八九會去探望佐藤家，而且還會帶著親手做的「伴手禮」。

富岡夫人結束「點名」後，茶會總算要開始了。靜子一行人動手幫忙把紅茶和點心端進會客室。

今天的點心是戚風蛋糕。

「我覺得今天烤得很成功，連犬子們也讚不絕口呢。」

夫人自信滿滿地說。靜子微笑著切開戚風蛋糕，但下刀的那一瞬間，她就愣住了。這是什麼？她想。戚風蛋糕的特徵，就是要像海綿般鬆軟；但這塊蛋糕卻是硬邦邦的！靜子隨即判斷，它應該是攪拌的方法不對，而且也烤太久了。靜子放進嘴裡嚐了一口，想當然耳，味道非常糟糕。

「哇——好好吃喔。」然而鳥飼文江卻道出了和靜子完全相反的感想。「吃起來鬆軟美味，入口即化呢！」

「這樣呀？古川太太，妳覺得如何？」夫人瞇起雙眼，問向這當中特別喜歡點心的古川佳惠。

「呃、這個……很好吃。」古川佳惠極不自然地說完後，開始尋求靜子的同意。「對吧？」

「是的，非常可口。」靜子無奈地回答。

富岡夫人得到想要的反應，心滿意足地啜飲紅茶。

就在這時，原本一臉尷尬地吃著蛋糕的田中廣美突然說了聲：「啊，對了。」接著將放在旁邊的小包裝袋遞向前去。「我今天帶了親手烤的小餅乾，歡迎各位嚐嚐看。」說完後，她將包裝袋攤了開來。

房間內的空氣頓時緊張萬分。在場的人一陣沉默，彼此觀察對方的臉色，最後窺探夫人的表情。夫人的嘴角依然維持著笑容，但眼鏡後頭卻閃爍著凶惡的光芒。靜子低下頭來，在心中暗罵著新成員田中廣美：誰叫妳雞婆呀——！

富岡夫人打破了這陣尷尬的沉默。

「唉呀呀，這樣子啊。這是妳做的？哇！烤得眞漂亮！各位，既然田中太太特地爲我們烤了餅乾，那就恭敬不如從命吧。」

「是啊，各位別客氣。」絲毫沒注意到氣氛已經惡化的田中廣美，就這樣把紙袋推到桌子中央。

「那我就吃一塊看看。」町田淳子戰戰兢兢地伸出手來。

「我也吃一塊。」

「我也……」

「謝謝。」靜子也拿了一塊。

眞好吃！才剛入口，她馬上就在心中浮現這句話。不只口感酥脆，甜而不膩的滋味和檸檬香氣也同時在口中擴散開來。但是，靜子無法對田中廣美說出這樣的感想，至少在這裡不行。

「請問……味道如何？」或許是每個人都默不吭聲的關係吧？田中廣美不安地問著。

「這個嘛……還可以。」鳥飼文江說道，「算是好吃吧。」

「妳烤得很不錯喔。」町田淳子說。

「我覺得還過得去。」古川佳惠說。

每個人的感想都說得含糊不清，讓廣美不禁擔心起來。她親自嚐了幾口，表情看起來有些消沉。她本來應該覺得這是自己的得意之作吧？靜子覺得廣美有點可憐。

「說到餅乾——」鳥飼文江說道，「前陣子夫人烤的小餅乾眞是太美味了。」

所謂的夫人，指的當然就是富岡夫人。夫人在吃了田中廣美的小餅乾後，一直板著臉沉默不語。這句話讓她再度眉開眼笑。

「啊，那個啊。那些家裡還有唷，大家想不想吃？」

「當然，當然。」鳥飼文江尋求其他人的同意。「各位說是不是啊？」

所有人都心不甘、情不願地點了點頭。

富岡夫人喜孜孜地走出會客室，其餘的人個個不發一語，而田中廣美則默默地吃著自己的小餅乾。

夫人端著一個小小的藤籃回來了。

「來，各位請用。」

籃子裡塞滿了焦黑的小餅乾。靜子覺得很不可思議：這個人到底在想什麼，爲什麼要一股腦烤這麼多？

箭在弦上，不得不發。靜子硬著頭皮吃下一口小餅乾，「咕嚕」，宛如咬碎小石子的口感和強烈的甜味在舌頭上擴散開來。它不是餅乾的甜味，而是砂糖本身的甜味！靜子不假思索地把手伸向紅茶，將口中的小餅乾一口氣地給沖下肚。田中廣美和古川佳惠見狀，也趕緊將茶杯端到嘴邊啜飲。

「說眞的……」鳥飼文江掩著口說道，「夫人的烤餅乾眞是太好吃了，妳說是不是啊？」

問題轉到町田淳子頭上，她趕忙點頭如擣蒜地說：「是啊，口味非凡呢。」

「這才叫做有格調嘛。」古川佳惠也跟著附和。

靜子心想：如果這種東西也叫有格調，文字燒不就成了懷石料理？但她沒有多說什麼，只是默默點頭。靜子悄悄瞥了田中廣美一眼，她似乎正滿懷怨懟。還不都怪妳多嘴？——靜子雖然頗爲不滿，但考慮到對方只是未見過世面的小姑娘，因此板著臉緊閉雙唇。

「請問……這個籃子該不會也是夫人親手做的吧？」町田淳子將放滿小餅乾的籃子捧在手上，似乎想要扯開話題。

富岡夫人的表情一下子明亮起來。

「是呀。呵呵，我做得不好，眞是現醜了。」

「怎麼會不好呢？沒有這回事！我還以爲這是在專賣店買的呢。」

「這樣啊？聽妳這麼說，我就放心了。」夫人推了推眼鏡，再度看向町田淳子。「可是呢，外面賣的東西不代表品質就有保障喔。像這種籃子他們也會偷工減料，所以還是親手做最保險了。」

「是呀，說的沒錯。嗯嗯，一定是這樣的。」町田淳子忙不迭地附和夫人的說法。

「啊，對了對了。我也眞是的，居然忘了最重要的事。」富岡夫人在胸前交握雙手，左右晃動圓滾滾的身軀。「我有個東西要送給各位。」

「哇——是什麼呢？」鳥飼文江間不容髮地回應夫人，並發出欣喜的聲調。

靜子耐不住氣，偷偷瞥了眼町田淳子和古川佳惠的表情。她們兩個雖然嘴上掛著笑容，眼神卻浮現出不安之色。

夫人走出會客室，沒多久便抱著一綑類似布匹的東西回來。夫人將它放在桌上，看得出來是由寬三十公分、長二十公分左右的布縫製而成；上頭拼補著各種圖案的布，似乎是想做成拼布（*2）。

不過這也太——靜子心想：這也太糟糕了吧！配色怪異、排列方式沒品、縫工又遜斃了。

「哎呀，好華麗的抹……」

坐在靜子隔壁的田中廣美將到口的話吞了回去。幸好吞回去了！——靜子在心中驚呼。她想說的十之八九是「抹布」，但這塊布絕不可能是抹布。就算它看起來幾乎跟抹布如出一轍，但夫人絕對不會發一塊抹布給大家。

好在田中廣美的聲音並沒有傳到夫人耳裡。夫人得意洋洋地將一塊怎麼看都是抹布的玩意兒拿在手上，說道：「餐巾眞是個好東西呀，各位不這麼認爲嗎？我覺得它很不錯，所以親自試做了一些。」

所有人登時屏住氣息，而靜子也啞口無言。這玩意兒是餐巾？意思是要大家在這塊噁心的玩意兒上放著餐具吃飯嗎？意思是叫我們把這塊抹布擺在餐桌上——

「哇！好漂亮喔！」鳥飼文江尖聲怪叫道。她的聲音大得出奇，彷彿想將大家腦中的想法吹散。「眞是太棒了！夫人。我從以前就很想要餐巾，但總是找不到好的款式。這種……嗯……該怎麼說呢？這世上再也找不到這麼高雅的餐巾了！」

「這樣子啊？我就是這麼想，所以昨晚才會做這個做到深夜，想給各位一個驚喜。」

「您可以不必如此大費周章……」靜子說話了。她說的是眞心話。

「這是我自願的，各位請不要放在心上。來吧，喜歡什麼就挑什麼吧。呃……町田太太家的成員共有五人，所以是五塊對吧？來，這塊和這塊……啊，這塊妳覺得如何？」

夫人將自己的作品一一硬推給所有人，連靜子也拿到了壓根不想要的四份餐巾。

靜子不禁心想：她雖然算不上壞人，但這樣做也太讓人傷腦筋了。簡單的說，這個茶會根本就只是富岡夫人的手工作品褒獎大會。東西做得好也就罷了，不只人來得開心，褒獎得也有價值。但不知怎的，夫人不管做什麼都在水準以下，而且正因爲她本人沒有自覺，事情

*2 patchwork，將各式圖案的小布塊縫成一整塊布的手工藝。

才難以收拾。靜子覺得，她不只是味覺白痴，或許意外地也很神經大條。

結果這天靜子拿了四塊奇怪的餐巾和硬得宛如小石子的小餅乾當作伴手禮，走出了富岡公館。

「喂，這是啥？不要在桌子上放抹布啦。」剛從公司回來的史明換好衣服踏入飯廳，一進去就嚷著這句話。

「它不是抹布，是餐巾啦。」靜子說，「至少本來好像是要做成餐巾吧。」

「喔——是富岡夫人的作品吧？」史明皺起臉來。「妳還帶了什麼回來？」

「小餅乾，就在那個袋子裡。啊，我勸你最好不要吃。」

「用不著妳提醒，我才不想吃呢。上次的香腸已經讓我嚇到了。」

「香腸啊。」靜子嘆了口氣。「那眞不是人吃的。」

「連噗太都不想吃呢。」

上次聚會時靜子帶了一大堆的香腸回來，全都是夫人親手做的。這道食材十分驚人，不管怎麼調理都讓人食不下嚥。彷彿腐肉般的臭味和香料的強烈香味形成了最糟糕的平衡，光是放近嘴邊，就讓人食欲減退、噁心反胃，總之味道相當可怕。因爲自己實在吃不下去，所以夫婦倆只好將香腸餵給家中的小狗噗太吃，但這臭味對嗅覺比人類靈敏數千倍的狗來說實在太過強烈，噗太才剛走近飼料盆，便慘叫一聲向後倒退，接著捲起尾巴落荒而逃。像這種東西，富岡夫人居然還說：「果然只要吃過一次自己做的香腸，就再也吃不下外面的工廠製品了。」然後一個個發給大家。她的味覺到底是哪裡出了問題？靜子除了嘖嘖稱奇，還是嘖嘖稱奇。

「還有她之後給的義大利麵也讓人難以下嚥。」

「啊，你說那個啊。」

當靜子在富岡公館看到那盤東西煮好端出來時，還以爲是炒烏龍麵的變化版。直到看見旁邊的叉子，她才發現原來那團膨脹軟爛的麵塊是手工義大利麵。這玩意兒照例又成爲大量的伴手禮。雖然靜子用心良苦地想要將它烹調成可以入口的料理，但丈夫史明和孩子們都抱怨口感太差，沒吃幾口就擱了下來。

「那袋小餅乾要怎麼辦啊？」史明用下巴指指餅乾袋。

「丟掉啊，不然還能怎麼辦。」

「小心不要被鄰居發現喔。」

「我知道，畢竟也丟過好幾次了。」

香腸和義大利麵最後都成爲廚餘。靜子在丟垃圾的日子總是相當警覺，萬一被別人——尤其是茶會成員看到就麻煩了。而且這附近有很多烏鴉，有時在垃圾車晚到時，總會看到烏鴉啄破垃圾袋、弄得滿地都是垃圾。因此靜子在處理富岡夫人的手工作品時，至少會包上三層垃圾袋，以防萬一。

「這塊抹布……不對，這塊餐巾要怎麼辦？」

「這個嘛……我想想……」靜子陷入沉思。這可是個大問題。

「乾脆就拿來當抹布用吧？」

「關於這個啊，我曾經聽古川太太說過：富岡太太有時會突然來訪，拐彎抹角地檢查別人是不是真的好好使用了自己給的東西，然後才肯回去呢。」

「哇！眞的假的？」

「所以囉。總而言之，這東西先放在倉庫裡吧。」

「饒了我吧！」史明搔了搔頭。「喂，那幅畫要怎麼辦呢？就是掛在玄關的那幅奇怪的食蟲植物畫。」

「那個呀？也只能暫時掛在那裡囉，不然還能怎麼辦？」

「哇塞！饒了我吧！」史明又重複了一次。

玄關的那幅畫，指的就是靜子初次參加茶會的隔天，富岡夫人親自送來的喬遷賀禮。想當然耳，作畫者就是富岡太太。夫人的作品就這樣當場被掛在玄關上，一直到現在。「哇！這朵花怎麼這麼噁心？」凡是第一次看到這幅畫的人必給上述的評語。富岡夫人說她畫的是蘭花，但它怎麼看都像是食蟲植物。

「這麼說來，不管收到再難吃的食物，總比收到其他東西來得幸運囉？丟棄食物讓人覺得過意不去，但至少可以處理得乾乾淨淨。」

「如果收到不能處理乾淨的東西可傷腦筋囉！格調高雅的話倒也就罷了。」

「我聽人家說啊，町田太太的小女兒出生時曾收到富岡董事夫人送的手工娃娃，可是那個娃娃的臉長得太恐怖，害她女兒每見一次就哭一次呢！」

「哇！太慘了吧？」靜子想像了一下那副景象，對町田淳子投以深深的同情。

最近靜子心中浮現一個疑問：其他太太們究竟如何看待這個狀況呢？沒有人願意收到不想吃的食物，或不想使用的東西，但目前爲止卻沒有任何人表示過不滿。靜子從未在垃圾場看過有人丟棄富岡夫人的手工作品，也從沒聽過類似的傳聞；靜子猜測大家八成是和自己一樣，是層層包裹後才丟棄它們吧！但這也僅止於猜測。

史明曾勸靜子去找大家商量看看，但靜子卻以「辦得到，我就不用這麼辛苦了」的理由一口回絕。萬一有人出賣自己向富岡夫人告狀，那豈不是賠了夫人又折兵？

在那滿佈陰霾的日子後過了數天，鳥飼文江打來了更讓人心情沉重的電話。富岡夫人表示：她有好東西想要分享給茶會的所有成員，明天務必前往夫人家中一趟。如果有事不克前來，夫人將改日再送至府上。

靜子心想：看樣子是非去不可了。如果讓夫人親自送來，那麼不管是多麼糟糕的東西、多麼可怕的份量，恐怕都無法推辭。

「記得強調我們家的人食量都很小喔。」史明如此建議道。「我每次都跟她強調過，好嗎？」靜子回答。

翌日，靜子拖著陰暗的心情朝富岡公館出發。按下對講機的按鈕後，出聲的不是對講機，而是來自於身旁。

「安西太太，這裡啦。快過來這兒。」富岡夫人從庭院探出頭來。很難得的，她今天摘下了眼鏡，也捲起了短衫的袖子。

靜子穿過大門，前往庭院；就在這時，一股異樣的臭味撲鼻而來。不會吧？她的腦中猛然浮現某種食物。

到庭院一看，茶會的老面孔已經都到齊了。她們不約而同地瞅著靜子，露出複雜的笑容。說是苦笑，似乎又多了一些痛苦的成分。

庭院的中央放置著四個巨大的塑膠桶。富岡夫人將手伸進其中一個桶子，抓出一顆跟小孩的頭顱差不多大的大白菜。

「這韓國泡菜看起來是不是很美味呢？我是第一次醃泡菜，但我保證它肯定很好吃唷。」

「請問……這些全都是夫人親手做的嗎？」為防萬一，靜子還是問了。

「是呀，全都是我醃製的。大概醃了兩星期吧？」

「量眞多啊。」

「橫豎要醃，當然得讓各位也嚐一嚐嘍。大白菜約有五十公斤……唉呀，還是六十公斤呢？還有我也用了將近一公斤的大蒜呢，呵呵呵呵呵。」

聽著聽著，靜子不禁頭昏腦脹。也就是說，今天要分享給大家的好東西就是這堆泡菜？不會吧！靜子陷入絕望的深淵。

但夫人並沒有理會靜子的消沉，逕自從塑膠桶中取出大量的泡菜，一個個放進準備好的巨大塑膠袋裡。而面對周遭的人，她則是一邊說著「來，待會兒請務必告訴我感想喔。」一邊分配泡菜。等回過神，靜子的雙手已經各提了兩個塑膠袋。

在場的人都啞口無言，唯一心情好的只有富岡夫人。她甚至還喜孜孜地說著：「下次來挑戰做蘿蔔泡菜好了。」

趁蘿蔔泡菜完成之前趕緊搬家吧——靜子開始認眞地思考這件事。

如靜子所料，這堆泡菜今天成為安西家的大麻煩。她和史明本想先硬著頭皮吃吃看，但兩人才吃了一口，就吐了出來。

「快把它丟了！」史明語帶憤怒地命令靜子。

其實，靜子在帶著泡菜返家的途中，也決定要早點處理掉它們。若是放久了，難保家中不會染上泡菜的臭味。

問題是，該怎麼丟棄這些泡菜？垃圾袋沒辦法阻隔這股惡臭，況且也不可能就這樣將它們丟在垃圾場。

兩天後，靜子從一早就在窗邊守著垃圾場。過了早上九點，當她看到垃圾車的蹤影，便馬上單手提起放在玄關的垃圾袋奪門而出。

只要在垃圾車載走垃圾之前丟棄，就可以神不知鬼不覺地處理掉這些泡菜了——靜子如此計畫著。

但是，這麼想的並不只靜子一個人。

幾乎同一時間，幾個拿著垃圾袋的家庭主婦自四面八方出現，而每個人都正巧是茶會的成員。

家庭主婦們驚訝地看了看彼此，接著把視線移到對方手上的垃圾袋，同時將自己的垃圾袋藏在身後。

等待垃圾車的時間倏地變得緩慢無比，現場瀰漫著一股尷尬的沉默。靜子心想：旁人一定覺得這幾個默默拿著垃圾袋，呆站著的家庭主婦看起來很可疑吧？不過，就連靜子也沒有勇氣將垃圾袋丟在那裡就回家。

是錯覺嗎？空氣中開始傳來泡菜的臭味。我已經把它包得滴水不漏了，不可能是我的——靜子雖然這麼告訴自己，卻無法不在意。身旁的主婦們，也開始面露不安。

垃圾車終於來收垃圾了。靜子想要搶先讓自己的垃圾被丟進去，於是便將垃圾放在攪拌口旁邊，留在現場緊盯著清潔隊員。看看四周，其他人也都還不打算回去。

清潔隊員在丟了幾袋垃圾進攪拌口後，喃喃地說了句：「這是泡菜的臭味吧？」

靜子發現，這時所有人的臉都僵住了。我的臉看起來大概也是這樣吧？靜子露出曖昧的笑容，打道回府。

這個禮拜的星期六依然舉行了茶會。這天茶會成員都到齊了，或許是因爲這個緣故，富岡夫人似乎心情很好。

「大家都來了，眞讓我高興。不瞞各位，其實我現在正在進行新的嘗試呢。它和烹飪、裁縫完全不一樣，相當難學喔。不過一試之下覺得還滿有趣的，想停都停不下來呢。」

「哇！這次夫人挑戰的是什麼呢？」依照慣例，發問的又是鳥飼文江。

「我現在就拿給妳們看。時間可能會有點久，就請各位先喝茶聊天吧。」說完後，夫人便走出會客室。

一時之間，誰也沒有開口。每個人都默不作聲，想觀察別人會如何打破沉默。

過了半晌，靜子隔壁的古川佳惠終於湊過臉來，問道：「妳不覺得那個太辣了嗎？」

「那個？」

「就是……」古川佳惠小心翼翼地看著四周。「韓國泡菜啦。」

所有人似乎都止住了呼吸。

靜子強裝鎮靜地微微點頭。「是很辣。」

「我就說嘛。」佳惠鬆了一口氣。

「而且呀，」靜子繼續說下去，「量也給得太多了。」

「就是說啊。」町田淳子加入對話。「因此呢，我們家根本就吃不完，而且……我的小孩也都還小，不大喜歡吃那種口味的東西。呃……是、是很好吃沒錯啦……」

「或許內行人喜歡吃那種口味吧。」姓佐藤的家庭主婦插嘴道。

「可是我們家還是吃不慣，所以沒辦法吃完……」

「它的口味太強烈了啦。」田中廣美說，「我家老公呀，他還說：『這是啥啊？味道好怪』呢。」

這席話讓現場瞬間鴉雀無聲，大家沒料到會出現「味道好怪」這麼露骨的說法。然而，沉默並沒有持續太久。

「對了，口味奇怪的東西多得是呢。」町田淳子說道，「不只泡菜，之前的香腸也是。」

「啊！那個！」

「沒錯，沒錯。」

「有點臭呢。」

「就是說啊。」

大家呵呵地笑了。

「妳們覺得之前的小餅乾怎麼樣？」古川佳惠問。

「簡直像在吃牆壁一樣。」回答的人是平常猛拍夫人馬屁的鳥飼文江，她這句話令所有人發出一陣爆笑。

「而且味道也太甜了。」

「『甜』字已經不足以形容了吧？」

「比起來，田中太太烤的好吃多了。」

「對呀對呀，烤得眞好，這戶人家的夫人根本比不上嘛。」

「咦——是這樣嗎？聽大家這麼說，我是很高興啦……」

「年輕人的品味就是不一樣！相較之下，這家的夫人……」町田淳子譏諷地笑道。

「品味太差啦——」鳥飼文江緊接著說道，「爲什麼她的品味會那麼差呢？」

「不管做什麼都糟透了呢。」靜子說。她的語氣稍微鬆懈了一些，但沒有人注意到。

「不只烹飪，裁縫也很糟。」

「對了，說到這個，前陣子的餐巾眞是太可怕了。」

「那玩意兒我早就拿來當抹布啦。」

「我也是——」田中廣美放聲大笑。

大家彷彿從詛咒中解脫一般，表情個個都神采飛揚。靜子好久沒有過得如此充實了，她巴不得這樣的茶會每天都舉辦一次。

「話說回來，她今天到底想拿什麼出來？」町田淳子歪起嘴角。

「她說不是烹飪，也不是裁縫。」

「該不會是陶土製品吧？要是她把難看的杯子硬塞給我們怎麼辦？」

「那還不簡單？就當作一時手滑摔破就是囉。」

「哇——智慧型罪犯！」

「呵呵呵。」

這時，古川佳惠從桌下抽出一本雜誌。「大家快看，這裡有一本奇怪的雜誌耶。是她老公的書嗎？」

靜子從旁探過去一看，發現是本叫做《電子工程》的雜誌。古川佳惠隨手翻了幾頁，看到某頁夾著一張書籤。

看到那頁的標題，靜子倏地感到臉上一陣灼熱。標題寫的是：「簡單易做的無線麥克風（竊聽器）」。

所有人靜靜站起身來，開始在四周摸索、尋找。過了一陣子，田中廣美發出「啊」的一聲，從花瓶後面抓起某個東西。

這個四方形的小箱子，和雜誌上刊載的「完成範例」如出一轍。

鳥飼文江宛如機器人般地僵著身子打開會客室的門。看著臉色慘白的她，靜子心想自己的表情大概也相去不遠。

她們幾個在走廊上魚貫前進。

富岡夫人就在洗衣機前面。見到她後，靜子一行人不禁驚慌失措。

「不好了！」

「白沫……她口吐白沫……」

「先讓她的頭往下靠！」

「夫人，振作一點！」

# 程序警察

我一時抓狂殺了老婆，所以決定自首。

本來應該當場就打電話報警，但由於我對自己的所作所爲，害怕得無以復加，所以不假思索地奪門而出。之後我彷彿置身夢境一般，飄飄然地四處晃蕩。但沒過多久，我就發現這既不是夢；也不是幻覺，而是現實。既然是現實，那就容不得我這樣逃避退縮。我的理智到這時才終於恢復。

經過冷靜的思考後，得出的答案只有一個，於是我立刻邁步走向最近的警署。

我已經兩年沒去警署了。當然，上次去警署報到並非我作奸犯科，只是去那裡更換駕照。我記得那是一棟小小的建築物。

對了，聽說最近的警署經過大幅度革新，不只建築物煥然一新，連警察的系統也變得全然不同。我忘記究竟是哪裡不同，畢竟這事兒跟我沒關係，所以我只是隨便聽聽。爲防萬一，我眞應該把每件事都好好記牢才對——但我也不認爲記住它，會對我這個殺人犯有利就是了。

我拖著疲憊的腳步走到警察局前面，抬起頭看向這棟建築。

它和我兩年前見過的建築物有著微妙的差異。這棟建築儼然是一座銀色的金字塔，下面的樓層相當寬廣，越往上則越狹窄。最上層那間尖尖的房間應該是署長室吧？它的形狀散發出一股安定感，彷彿正嚴陣以待地對著罪犯說：「來，儘管放馬過來吧！」

我一站到玻璃門前，它就靜靜地打開了。深呼吸過後，我往前踏了一步。

眼前是一個半圓形的大廳，各櫃臺皆環繞著它，而半圓的中央只擺著一張孤伶伶的桌子，後頭坐著一名年輕女子和中年婦女。中年婦女穿著女警服，年輕女子則穿著紅白條紋的服裝。兩人頭上那微微斜戴的帽子則是同樣的款式。

年輕女子看到我後馬上站起身來，露出虛假的職業笑容。這種表情我常在街上看過，卻想不起確切的地點。

「不好意思……」

「是，有什麼需要我爲您服務的地方嗎？」她迅雷不及掩耳地回問我。

「其實……」我吞了口唾液，一股作氣說出來。「我是來自首的。」

「啥？」她的臉就這樣笑著靜止了，隔壁的女警隨即頂了頂她的手肘。「自首啦，自首。狀況Ｓ１。」

「啊，好好。」年輕女子瞥了一眼自己的手邊。上面攤著一本檔案，裡頭寫滿了密密麻麻的字。

女子再度擠出笑容。

「您指的是本署已經受理的案子嗎？」

「什麼受理不受理，人我是剛剛才殺掉的……」

「殺掉……也就是說，是尚未受理的殺人案吧？」

「對。」

「那就還不能爲您辦理自首。」

「不能？那我該怎麼辦……」

「請您先到2號窗口報案。」她明快地說。

「報案？呃，小姐，我是來自首的。」

「是的。可是您必須先在本署報案，讓我們受理本案才行。」

說完後，她轉頭面向隔壁的中年女警，臉上彷彿問著，「是這樣沒錯吧？」而女警也點頭暗示，「沒錯」。接著女警轉向我，說了一句，「這是本局的規定。」

我一邊覺得不可思議，一邊走向2號窗口。窗口裡的男子戴著眼鏡，樣貌類似銀行行員，坐在一臺電腦終端機旁邊。

「我殺了自己的老婆，所以前來自首。」我說。

戴眼鏡的男子彷彿沒聽到我的話一般，面無表情地緩緩轉向終端機。

「誰遇害了？」他漫不經心地問道。

「呃，那個，因爲是我殺的，所以……」

男子嘆了口氣，不耐煩地看著我。

「我剛剛問的不是『誰殺的』，而是『誰遇害了』。」

「喔，啊、是這樣啊。不好意思，遇害的人是，呃……我老婆吧？可是說她遇害也怪怪的。」

「意思是說沒有人遇害？」男子的鏡片彷彿射出光芒。

「不，我老婆應該算是……」

「請您回答出全名。」

「咦？啊，不好意思。她的名字是只野花子，口八只，鮮花的花。」

聽完我的話，男子旋即喀噠喀噠地輸入終端機。

「發現屍體的人是您嗎？」

「啥？」我回問了一次。我不懂他的問題是什麼意思。

男子再度對我擺出不耐煩的表情。

「最先發現屍體的人是先生您嗎？還是屍體的發現者另有其人？」

「沒有，沒有其他人看見。」

「意思是說，您是第一個看見的人囉？」

「大概吧……」我轉了轉頭。我的頭開始隱隱作痛。

「貴姓大名？」男子問。

「只野一郎。」

「請教您的住址和電話號碼。」

「鐵鍋市蔥町四丁目二之二，河畔新城二〇五。電話號碼是——」男子再度喀噠喀噠地將這些資料輸入電腦。

「您和受害者的關係是？」

「受害者……是說我老婆嗎？呃……我說過了，我是她丈夫。」

「命案的目擊現場是哪裡？」

「說目擊好像怪怪的耶。」聽到我如此嘀咕，男子馬上朝我一瞪。「呃……是我家。」慌慌張張回答後，我立刻驚覺不對，重新說了一次地址。

「大約是什麼時候的事？」

「兩小時前，所以……」我看了看時鐘。「大概是今天早上八點鐘。」

男子打完資料後，又敲入了一個鍵。

「好，辛苦您了。這份資料將會傳送到搜查部門，我想他們會馬上確認事情的眞僞。那麼，接下來的這段時間，您要待在哪裡呢？如果要待在您家以外的地方，請先告訴我聯絡方式。等到辦案人員確定您涉案後，就會前去找您偵訊。」

「問我要待在哪裡……待在這裡不行嗎？」

「可以啊。」男子冷冷地看著我。「這是您的自由。」

眞沒想到。我明明是來自首的，他卻說我可以自由行動。

「那我在這兒等好了。」我指著排在大廳中央的長椅。

「我明白了。鐵鍋警察署一樓的會客室……」男子在鍵盤上打下資料。

我一邊覺得奇怪，一邊在長椅上彎腰坐下。放眼四周，除了我之外也有幾個客人——這樣說好像怪怪的，有幾個「一般民眾」在櫃臺的窗口前來回徘徊。

「你是第一次來這裡嗎？」隔壁有人說話了。轉頭一看，有個穿著工作服、掛著條毛巾的男人盤腿坐在我身旁。他正瞅著我瞧，可見剛剛那句話應該是衝著我說的。

「你好。」我回應他。

毛巾男擠出無聲的笑容，上排牙齒還缺了門牙。

「俺不知道你來這裡幹什麼，但可以理解你爲什麼會一頭霧水。俺剛來這裡時，也是搞不清楚東西南北。」

「到底是怎麼回事？」我問。

「其實也沒什麼大不了啦。簡單說呢，就是警察的行動被徹底程序化了。那些人都把檔案、資料之類的東西放在身邊，對吧？上面密密麻麻寫滿了該部門的工作規章，如果不遵守，之後就會受罰。」

「喔——原來是這樣啊。」

「反過來說，如果乖乖照著上面的話做，就絕對不會有人來找麻煩。所以他們絕對不會做出超越工作範圍的事。」

原來如此，是這樣子啊。我好像有點明白了。

「爲什麼會變成這樣呢？」

「爲什麼？當然是因爲時代的潮流啊。你不覺得只要每件事都按照程序來，就可以清楚的歸咎責任，新人也可以早點適應工作嗎？在這部分，警察是最晚跟進的。指揮官的不同會造成辦案方式上的差異，不同刑警的逼供嚴厲程度也各有落差。如果走運恰巧成功的話，還可以大言不慚地說這是『個性的勝利』。萬一踢到鐵板就麻煩了。新聞媒體會大力抨擊辦案一開始就有問題，而若是焦點延伸到逼供過當侵害人權，事情可就沒完沒了啦。於是呢，雖然已經晚了好幾步，但警察局總算決定要照章行事了。」

「時代的潮流啊。話說回來，你知道得眞清楚。」

「還好啦，畢竟俺在這世上活了很久。」毛巾男有些志得意滿。

「不好意思，請問你是？」

「俺？俺是線民啦。專門負責提供刑警情報，賺取一些零用錢。不過，現在已經不能像以前一樣，在小巷或公園偷偷對警察提供情報了。每件事都得先在這裡辦手續，眞是麻煩死了。」

說完後，毛巾男亮出一張紙，上面寫著：情報提供專用紙。

「只野一郎先生，只野一郎先生。請到一樓櫃臺，謝謝。」耳邊傳來了室內廣播聲，說話的人肯定是櫃臺的年輕女子。

到了櫃臺，我看到那裡站著兩個男人。兩人都相當高大，並且穿著同樣的灰色西裝。他們對我微微點了個頭。

「您是只野一郎先生嗎？」其中一人說話了。

「是的。」

「有件事很難以啓齒……您的太太過世了，而且有他殺嫌疑。您方便現在跟我們到現場一趟嗎？」刑警的語氣彷彿在唸課本，我想這應該是工作手冊上寫的內容吧？

「喔……可以是可以啦，不瞞你說……」

我還沒來得及說出「兇手就是我」，兩名刑警就快步走了出去。沒辦法，我只好趕忙跟著他們走。

「府上的事我們也深感遺憾，現在正傾全力調查中，一定會將可恨的兇手逮捕歸案。」

坐上車後，坐在我隔壁的刑警慷慨激昂地說出這番話。

「呃……這個……不瞞你說，兇手就是我。」

「啥？」

「殺了我老婆的人就是我，所以我才去你們警署自首……」

對方一下子目瞪口呆，似乎不了解我的話中含意。待他回過神後，旋即詢問正在開車的刑警：

「喂，遇到這種情況時該怎麼辦？」

正在開車的刑警邊看著前方，邊扭過頭來。

「你是不是沒去辦理自首？」他衝著我問。

「因爲他們叫我先辦理報案手續……」

「也就是說還沒有辦理自首？」

「大概吧——」

「那不就變成得在這裡自首了嗎？」隔壁的刑警問道。

「或許吧。」

「那該怎麼做？」

「呃……現在的情況是『通知家屬案情後，家屬便自白了』吧？我也不知道該怎麼做……

總之就先問個清楚吧。」

「可以一開始就用自首者專用的問題詢問嗎？」

「關於這一點，我也不清楚。不然就先用家屬專用的問題交差了事吧。」

「也是，這樣也許比較妥當。」刑警點點頭。「呃……先不管自首了，首先要請您以受害者家屬的身份回答問題。」他看著我。

「喔……」

「關於您的太太遇害這一點，您有沒有什麼頭緒？」

「咦……」我不自覺目瞪口呆。人就是我殺的，哪來什麼頭緒不頭緒？我不可置信地望著刑警，而他的表情也寫著「你以爲我想問這種蠢問題啊？」

「不，我沒有任何頭緒。」我無奈地說道。

「她是否和人結仇，或是家中有沒有接過奇怪的電話？」

「我不知道她有沒有和人結仇。奇怪的電話倒是沒有。」

「最近您的太太有沒有什麼和平常不一樣的地方？」

「她有點歇斯底里。」我立即回答。

「喔？比如說？」

「我養了一隻金絲雀。牠的顏色非常漂亮，迄今我都非常小心地呵護牠；但今天早上我起來一看，牠漂亮的羽毛居然飄散在房內，而金絲雀已經斷氣了。我問我老婆發生什麼事，她便亮出自己的洋裝，指稱上面沾到了鳥糞。明明是她不該將衣服放在鳥籠下，她卻一口咬定是金絲雀的錯。怒火中燒的她想將金絲雀從鳥籠中拉出來丟出窗外，但金絲雀卻在房內四處飛舞，導致她更加生氣，於是她就用吸塵器的把手將金絲雀給打死了。她在說的時候，嘴角還浮現出可憎的笑容呢！這下子換我抓狂了，因此我就用毛巾把她的脖子──」

「停！」刑警伸手制止我說下去。

「您現在說這個也只是徒增我們的困擾罷了。呃……既然您提到歇斯底里這個詞，接下來我們想針對她的個性和人品來提問。」他從旁邊拿出電腦閱卷卡。「首先是第一題：您的太太是急性子的人嗎？一、相當急性子。二、相較之下偏向急性子。三、普通。四、相較之下偏向慢性子。五、相當慢性子。請回答編號。」

「我不是說了嗎？一、相當急性子。」

「第二題：您的太太神經質嗎？一、相當神經質。二、相較之下偏向神經質。三、普通。四、相較之下偏向粗神經。五、相當粗神經。」

「五。她很歇斯底里，卻也相當遲鈍。」

「第三題：您的太太個性開朗嗎？一、相當開朗。二、相較之下偏向開朗。三、普通。四、相較之下偏向陰沉。五、相當陰沉。」

「大概是一吧？說她是開朗，倒不如說比較接近『什麼都沒在想』。」

這樣的提問持續進行了幾次。聽完我的回答後，刑警總會一一塗黑電腦閱卷卡的空格。

「那張是要輸入電腦用的嗎？」我問。

「是的。我們可以藉此了解受害者的個性，以推測她較易被捲進哪一類型的犯罪。」

做這些幹嘛？兇手不就在你們面前嗎？我在心中嘀咕著。

刑警放下電腦閱卷卡，開始詢問下一個問題。

「您最後一次看到她是在何時何地？」

「你是指她『生前』嗎？」

「當然。」

「喔，我想想……今天早上八點左右……地點是我家。」

「當時您的太太是否有什麼和平常不一樣的地方？」

「我剛才不是說了嗎？她爲了隻金絲雀鬧得歇斯底里。」

「爲了金絲雀……寫好了。」刑警將資料寫在記事本上後，對著我說：「呃……我有幾個形式上的問題想請教您。」

「什麼問題？」

「您太太的死亡時間推定爲今天早上八點到九點之間，這段時間您在哪裡？」

我一時無法理解這個問題的含意，於是楞了一下。刑警重新複述同樣的句子，最後補充了句「簡單說，就是在調查您的不在場證明。」

「呃，這……我怎麼會有不在場證明呢？我人就在現場。」

「您的意思是？」

「在我家。」

「爲防萬一，請您再說一次住址和電話號碼。」

我的頭再度痛了起來。

「鐵鍋市蔥町四丁目二之二，河畔新城二〇五。電話號碼是——」我已經懶得跟他爭辯了。

「問題到此全部詢問完畢，謝謝您的配合。」刑警低頭行了個禮。「那麼，接著來辦理自首的手續吧。」

「麻煩你了。」

我安心地吐了一口氣，這下子他們總算願意聽我說話了。照理說，接下來我應該會被逮捕，但我對這件事卻不怎麼感到害怕。

「呃……面對來自首的人該如何應對……找到了。」刑警從口袋裡掏出一本類似口袋字典的書翻了幾頁，接著咕噥了聲：「啊，這眞的不太妙耶。」

「怎麼了？」負責開車的刑警問道。

「當事者的自首地點是很重要的。這位先生是到警察局自首的，依照規定，我們必須在局裡的自首承辦室偵訊才行，在警車中偵訊太奇怪了。」

「自首承辦室？有這種地方？」我問。「剛才我也說過了，我一來就被叫去報案櫃臺報案。」

「喔，這是因爲呢——」開車的刑警回答道。「自首承辦室只能承辦局內已經受理的案件，所以報案是第一要項。」

「可是好奇怪，像這位先生一樣，一犯案就想投案的人應該也不少吧？」

「一般人應該都是用電話報案吧？當辦案人員趕過去後，由於當事者也在現場，所以可以當場確認案情眞僞；如果嫌犯立即提出自首的要求，辦案人員也可以馬上受理承辦。這位先生就是因爲離開現場，再加上突然跑到警局，才會讓事情變得複雜。」

「因爲我太驚慌了……」我向他們賠了個禮。

「總之，這裡是無法受理自首的。」旁邊的刑警說，「我們先到犯案現場去吧。」

看慣的城鎮、看膩的公寓——警車在我家公寓前停了下來。公寓四周早就被看熱鬧的群眾團團包圍，我和兩名刑警下車走向我家。

2DK（*1）的現場擠滿了辦案人員，每個人都穿著灰色的西裝。這大概也是工作手冊上

*1 兩房一廳。

規定的吧？我想。

「警部（*2），這位是受害者的丈夫。」刑警對眼前的肥胖紅臉男介紹我的來歷。

這名被稱作警部的男人深深地低下頭來。「府上的事我們也深感遺憾，現在正傾全力調查中，一定會將可恨的兇手逮捕歸案。」他說了方才我在警車中聽到的同樣話語。

「警部，另外還有一件棘手的事……」帶我過來的刑警在警部耳邊喃喃說了幾句話。警部忽地臉色大變，說道：

「搞什麼鬼啊，手續的程序根本不對嘛！」說完還嘖了一聲。

「哪裡不對？」我戰戰兢兢地問。

「在報案之後呢，只要再去一次櫃臺就行了。因爲已經報過案了，所以就變成局內的承辦案件，照理說應該會叫你去自首承辦室才對。」

「這樣啊？可是沒有人告訴我這點……」

「會客室不是有貼公告嗎？不過也曾有人抱怨公告太小，很容易看漏就是了。」

「這樣啊。總之，我很想早一點自首……」

「你這麼說不是在爲難我嗎？你不是去警局自首過了嗎？那就不能在這裡自首。」警部和帶我過來的刑警說了同樣的話。

「那我現在就去警局。」

「等一下。你有扮演受害者家屬這個角色的義務。」警部抓住我的手臂，力道相當強勁。

刑警們將我帶到殺害老婆的現場——臥室。和剛被我殺害時一樣，她依然仰躺著死在床上。

「這位是您的太太，沒錯吧？」刑警問道。

「是的。」我心中覺得眞是蠢斃了。

「您對這個東西有沒有印象？」刑警拿出一條毛巾。它是附近電器行的贈品。

「這是我家的毛巾。」

「它平常是放在哪裡？」

「好像是梳妝臺旁邊吧。」

「您最後看到它是在……？」

「今天早上。」

「您使用過它嗎？」

「我用它來勒住我老婆的脖子。」

*2 日本警官階級之一。

「我只問您是否有使用過。您使用過它嗎？」

「是的。」

刑警一臉正經地將我的回答記錄下來。

之後，他又問了幾個我方才在車上回答過的問題。我跟他說剛剛已經對別的刑警回答過了，他卻回我，「爲了以防萬一，我還是想再確認一次。」我想這也是工作手冊中的規定吧。

當我們如此一問一答時，其他的刑警似乎還在持續搜查，每個舉動都傳進了我的耳裡。

「警部，一樓的住戶說：早上八點多時這戶人家曾傳出打鬥的聲響。」

「這樣啊。那麼嫌犯很有可能就是在那時犯案的。」

什麼「有可能」，就是那個時間啊！我不是說過了嗎？

「警部，附近的老婆婆曾在早上接近九點時看到可疑男子從這一戶走出去。不過她並不記得長相。」

「好，去查查有沒有其他目擊者。」

查什麼查？那個可疑男子就是我啊！

「警部，指紋比對已經完成，屋內只有受害者和她丈夫的指紋。」

「這樣啊。嫌犯可能是個做事相當小心的人喔。」警部心不在焉地說道。

就在這時，我這邊的偵訊結束了。

「辛苦您了，現在就先在這裡告一段落。以後可能有些事還需要請教您，屆時再麻煩您了。」刑警照本宣科地說著。

「請問……我現在應該要……？」

「您想去哪裡都可以，但必須先告訴我們聯絡方式。還有，今天我們會派人守在這間房間四周一整天。」刑警滔滔不絕地說完後，便逕自從我面前離開了。

接著，其他的刑警和鑑識人員也都走出門外，留下我一個人。就在這時，我突然懷疑其實這只是一場惡夢，其實早上什麼事都沒發生；但是四散在房內的羽毛明顯是死在老婆手下的金絲雀羽毛，床單上的咖啡色染漬也絕對是老婆被我勒斃時失禁的痕跡。

沒錯沒錯，我殺了我老婆，必須去自首才行——這股近似焦慮的情緒再度如海浪般襲向我的心。我和今早一樣茫茫然地站起身來，滿腦子都是想離開公寓、去警署；這時恰巧有輛計程車開到我面前，於是我便搭了上去。

「您是去辦理更換駕照嗎？」計程車司機問。

「不，我是去自首的。」我說。「我錯手殺了自己的老婆。」

司機愣了一會兒，但沒多久就透過鏡子笑了出來。

「這樣啊，眞是辛苦您了。」

接下來，司機就沒再向我搭話了。在自首承辦室以外的地方，沒有任何人願意聽我說話。

到了警署後，我和方才一樣穿過入口的自動門。入口旁出現了一張寫著「蔥町公寓凶殺案搜查總部」的看板。

待在櫃臺的仍然是那名年輕女子。明明不久前她才見過我的臉，這會兒卻露出面對陌生人時的職業笑容。

「我想自首。」我對她說。

「這個案子是目前本署受理中的案件嗎？」她問了方才就問過的問題。

「是的。就是蔥町公寓凶殺案。」

「那麼請您到9號櫃臺。那裡是自首承辦室。」

看來我總算可以自首了。我對櫃臺小姐道了聲謝，前往9號櫃臺。

9號櫃臺位於最底端。我一邊調整自己的氣息，一邊步步邁進。

然而，那裡一個人也沒有。眞不知道裡面的人只是暫時離席，或是本來就不在那兒。

8號櫃臺有個看起來很閒的年輕男子，於是我就向他打探了一下。男子微微瞥了9號櫃臺一眼，淡淡地說了句：「好像不在耶。」

「我想自首……」我說。

8號櫃臺的年輕男子搖了搖手。「不好意思，我不是這個部門的。」

我本想在會客室的長椅上等9號櫃臺的人回來，但等著等著尿意就上來了，於是便走進廁所。仔細一想，這或許是我最後一次自由上廁所了吧？我懷著感傷的心情撒完了這泡尿。進了監獄就只能使用監獄的廁所了，我不認爲監獄的廁所會比外面的廁所來得舒適。

從廁所回來後，我看到9號櫃臺出現了一個男人。我急忙衝向前去，但還來不及趕到，承辦人員就在窗口放上一張牌子。走近一瞧，上面寫的是「十二點到一點爲午休時間」。我看了看時鐘，現在是十二點零一分。

「才過了一分鐘而已耶！」我怒吼道。

承辦人員冷冷地瞥了我一眼，接著便默默消失在盡頭。

其他櫃臺的職員也一個個離開了，就連燈光也跟著熄滅。

沒辦法，我只好暫時走出警局。肚子也餓了，於是我打算先找些東西吃。

這時，一家知名漢堡店映入我的眼簾。其實我對漢堡沒有半點興趣，卻依然著了魔似地走進那家店。

櫃臺的女店員對我露出職業笑容。

「歡迎光臨，請問您決定好要點什麼了嗎？」

「漢堡。」

「漢堡一份。要不要來杯飲料呢？」

「給我漢堡就好。」

「我們也賣薯條喔。」

「給我漢堡就好。」

「現在是優惠期間，搭配奶昔套餐比較划算喔！」

「閉嘴，快給我漢堡！」

我一拳揍向女店員的臉。

# 爺爺當家

「老爸，那我要出門囉。」穿好鞋子後，貞男回頭留下這句話。

「嗯、嗯。」伸太郎點了點頭。

「這樣眞的可以嗎？總覺得對您有點過意不去。」孝子誇張地皺起臉來，但在場所有人都知道她心中並沒有這麼想。只要看看她那張截至剛才還喜形於色的濃妝臉就知道了。她兒子信彥之所以會在旁邊偷笑，也是爲了這個原因。

「沒關係啦，法式料理對老年人來說負擔太重了，我只要吃個茶泡飯之類的來果腹就好。」伸太郎來回看了看兒子、媳婦和孫子的臉。他想要裝出一副油盡燈枯的老人模樣。

「要小心關好門窗喔。」

「好好，我懂。不要把我當成三歲小孩。」

目送三人離去後，伸太郎鎖上玄關的鎖，接著看向牆上的時鐘。現在的時間是六點半。

他匆匆忙忙地走上樓梯。兩夫婦的臥室和剛升上高中二年級的信彥房間都位在二樓，而他的目標正是孫子的房間。

才剛爬完樓梯，伸太郎的心臟就劇烈地跳個不停；這不光是劇烈運動帶來的影響，也包含了他期待已久的雀躍之情。

伸太郎的目的，就是孫子信彥偷藏起來的A片——也就是色情片。

他這輩子從未看過A片，卻深知A片是什麼樣的東西，這全多虧了深夜的電視節目及郵購目錄。郵購的彩圖廣告帶給他的刺激尤其強烈，他甚至還保留著那張廣告單。伸太郎將它藏在唯有自己可以觸碰的神壇抽屜深處，有時他會拉出抽屜，靠著老花眼鏡和放大鏡欣賞那張小小的照片。光是這樣，就足以讓他興奮半天；雖然已年過七十，但他依然相當、非常、異常喜歡年輕女孩的裸體。

日子久了，伸太郎開始想瞧瞧貨眞價實的裸女。但是，他想看的並非活生生的裸女，而是指錄影帶上的、影片中的年輕女孩一絲不掛、春心蕩漾的模樣。

這不是什麼難事，只要購買郵購商品就行了。但伸太郎卻沒有勇氣這麼做。若是被家人知道該怎麼辦？他覺得自己是家中最有威嚴的人，因此害怕自己的威嚴會一落千丈。他認爲家人應該還沒察覺到他其實非常好色。

他曾聽說過有錄影帶出租店這種地方，但他終究無法光明正大地去借那種一看就知道很色的玩意兒，光想像就覺得丟死人了。結果，他還是只能盯著郵購廣告來解決需求。

然而，某天伸太郎偷聽信彥和朋友講電話，發現信彥原來租了幾支A片。從那之後，他總想著要央求信彥借他開開眼界，但對未滿二十歲的孫子提出這種要求，未免太不像樣了。伸太郎也曾想過要偷借來看，但一想到被家人發現的景象，就讓他嚇得不敢實行。加上現在不巧是寒假期間，信彥大部分時間都在家，有時好不容易等到信彥出去，又輪到孝子在家。

就在這時，上天給了伸太郎一個大好機會。

孝子在商店街的年終抽獎活動中抽中了法式餐廳的餐券，憑這張券可以兩人同行免費，四人同行則另兩人半價招待。

「法式料理應該都很油膩吧？我不去。」當孝子鼓吹伸太郎一同前往時，他就這樣拒絕了。此時，他的腦中早已盤算好計畫。

就這樣，兒子、媳婦和孫子總算離開家中，讓他得以單獨留在家裡。

信彥的房門前貼著「禁止私闖」的牌子。他這個年紀最討厭別人擅自進入自己的房間。然而伸太郎看到這個，只覺得有種進入祕密俱樂部般的緊張和興奮感。他雀躍地打開信彥的房門。

這是一間骯髒的房間。床上的毛毯捲成一團，書和雜誌散落一地，連洋芋片的袋口都是開著的。

「這是什麼樣子？眞是教育失敗！都是孝子把懶散遺傳給信彥了。」伸太郎嘀咕著踏入房內。他很喜歡「教育」一詞，因爲以前他曾擔任教職，而學校的人總說他死腦筋。

「我瞧瞧……」伸太郎走向書櫃。依信彥的個性推測，除了錄影帶之外，他肯定也收集了不少充滿性刺激的讀物。伸太郎放眼一望，從中抽出一本寫眞集；這是信彥喜歡的偶像拍的寫眞集，裡面也刊載了泳裝寫眞。他彷彿想要吃了那一頁般地仔細端詳，再度在心中嘆道：「年輕女孩的裸體眞有看頭！」伸太郎張著大嘴看個不停，用手背擦掉差點滴落的口水。

但伸太郎還是把寫眞集放回去了。其實也沒什麼好看的嘛——他本來以爲會有更香豔刺激的照片，但結果還是失望了。就這樣，他開始專心尋找錄影帶。

如果他抽出的不是那本偶像寫眞集，而是旁邊的寫眞集的話，感想勢必會有所不同；事實上，那本正是露毛寫眞。所謂「露毛寫眞」這個名詞伸太郎時有耳聞，但他完全不知道其中的含意。露出陰毛的寫眞集——這件事實在教他難以想像。

伸太郎四處尋找錄影帶，連置物櫃和視聽櫃裡頭都搜過了，卻還是遍尋不著，讓他急得像隻熱鍋上的螞蟻。沒時間拖拖拉拉了！雖說是法式料理，但家人最多兩小時後就會回來啦。他焦躁不安地尋找著，死都不想放掉這大好機會。

（所以我才說房間要維持整潔啊！都是孝子沒管教好，以後一定要逼她更嚴格點。）

找不到目標物的煩躁感讓伸太郎遷怒於媳婦，而對未知領域的期待感，也同時在他心中越來越膨脹，此外還引來了一些混亂。

（再過一會兒就能看到了！我可以看到年輕女孩的裸體，可以看到她們用見不得人的模樣做出各種事情，可以看到成人影片……成、成、成、成人影片……！）

伸太郎這個年紀的人，比起A片這種簡稱，更熟悉的是「成人影片」一詞。

伸太郎完全沒有想到要防範信彥起疑，於是在房內胡亂地大肆翻找，連抽屜也打開了。

就在這時，某個東西滑落到伸太郎腳邊，讓他嚇得跌坐在地。掉出來的是一塊滑板；別說名稱了，就連這東西的功用他也摸不著頭緒。

因爲剛才的震動，書本、箱子都從抽屜中散落一地；看著這些東西，他的眼睛不自覺盯住了其中一個點。原來，錄影帶的外殼也掉下來了。包裝使用的是一張年輕女孩穿著護士服半裸酥胸的照片，旁邊還大大寫著「請你用身體幫我打針」。

就是這個！伸太郎一手抓起錄影帶，掌心涔涔地冒出汗水。

他看了看女演員的名字，嚇得心臟差點從嘴巴迸出來。

（小山田仁美？喔，想不到那個小山田仁美居然會拍這種片！可以看到小山田仁美的裸體啊！那個仁美的裸體——）

伸太郎是年輕女演員小山田仁美的超級影迷，然而這上面印的名字是「小山田廣美」，並不是「小山田仁美」。老花眼的他看不出這小小的差別，而且照片上的女孩又長得很像小山田仁美，怪不得會取如此相似的藝名。

信彥的房間裡不只有電視，也有臺錄影機。伸太郎打開錄影帶的外殼、取出錄影帶，萬分緊張地坐在電視前。他從未使用過錄影機，但之前曾看過家人操作，他覺得應該難不倒自己。總之，先將錄影帶放進去就對了！伸太郎推動「請你用身體幫我打針」這部片——

但錄影帶並沒有被推進去，因爲裡面已經有別的錄影帶了。伸太郎知道必須先將它取出來才行，然而他卻不懂該如何取出；他將錄影機上的按鈕亂按一通，但依然沒得到半點回應。

「這就怪了──」他偏了偏頭。

其實，錄影機之所以不聽使喚，是因爲信彥設定了預約錄影；除非先解除設定，否則錄影機是不會有動靜的。想當然耳，伸太郎不可能知道這件事。一個人煩惱了半晌後，他拍了一下手掌。

（對了，一定是因爲沒有遙控器才動不了！）

伸太郎逕自歸納出結論，在房內左看看右瞧瞧，最後注意到一個滿是按鈕的箱子。他拿起箱子再度從第一顆按到最後一顆，但錄影機仍舊沒有反應，反倒是某處傳出了洽喀洽喀的聲響。

（嗯？那是啥？）

伸太郎四處尋找聲響的來源，結果在床上找到了一個耳機。聲響就是從那裡發出來的。他試著戴上耳機，冷不防地被巨大聲響鎮痛了耳膜。

這時，恰巧有個男子在按爺爺家的門鈴。他連按了兩次都無人回應，男子心想這戶人家肯定都出去了，臉上不禁露出得意的笑容。他的目的正是闖空門。

其實他並不是慣犯；他曾經擁有正當的職業，然而近來的不景氣讓他丟了飯碗，現在正煩惱該如何撐過新年、解決身上的債務。無巧不巧，他就在此時目擊了這戶人家走出一家三口，看起來像是要去用餐，其中那個化濃妝的中年婦女還聒噪地說著，「好多年沒吃到法國料理了呢！」

（可惡！我可是連晚飯有沒有著落都成問題，你們居然要去吃法國大餐！）

對富裕家庭的反彈和被錢逼到死胡同的情緒瞬間產生了共鳴，他臨時決定要對這家下手。幾年前他也曾闖空門偷走了三萬圓，但那時並沒有遭到逮捕。

現在的問題是：他並不確定家中是否還有人在，於是便試著按下電鈴。

確定無人在家後，男子穿過大門，走到玄關門的附近。轉動門把後，他發現上鎖了。由於他也不是專業的小偷，因此並沒有厲害到連開鎖都能搞定。男子穿越狹窄的院子，仔細地觀察這個家的四周，發現二樓有一扇半開的窗戶。只要踏著圍牆爬上一樓屋頂，接下來就可以不費吹灰之力抵達該處。

男子決定先從那裡下手。

「啊——好吵喔！」伸太郎從頭上拿下耳機。重搖滾樂的主唱吼叫聲至今還迴盪在他耳邊，讓他的腦袋嗡嗡作響。

他試著按了按方才的遙控器，卻不知該如何停止音樂。伸太郎丟下耳機，再度埋首尋找錄影機的遙控器。

他找到了一個白色的小遙控器。就是這個！伸太郎自信滿滿地按下去，結果頭上傳來嗶嗶聲，緊接著空調開始運轉了。

「哇咧──糟了糟了。」他慌慌張張地狂按按鈕，卻只是將遙控器上的液晶顯示從「暖氣」改成「冷氣」而已。最後，伸太郎只好放著冷氣不管它。

伸太郎放棄在這間房間看錄影帶，決定到樓下去試試。一樓的客廳也有電視跟錄影機，而且電視螢幕有四十吋之大，這點可是兒子貞男最引以爲傲的。

伸太郎心中充滿了期待，心想：若是用那大畫面看，肯定很香豔刺激！可以用大畫面看到小山田仁美的裸體、胸部、大腿……！老花眼鏡雖然壞了，但大畫面可以彌補一切！

伸太郎拿著錄影帶喜孜孜地走進客廳。這裡依然免不了有尋找遙控器的手續，但這次一下子就找到了。按下按鈕過了一會兒後，四十吋的大螢幕出現一名女子的臉部特寫，那名女子正在唱著演歌。

（喔、喔、喔！這不是波止場綠嗎？）

伸太郎相當喜愛這名演歌歌手。他拿起旁邊的報紙，皺著臉看電視節目表。「日本演歌總清算──波止場綠特集」這幾個字對老花眼的他來說，讀得可眞辛苦。

（喔，原來有這種節目啊？）

伸太郎站在電視前看著螢幕出神，一下子就將A片的事拋到九霄雲外。

小偷總算是成功從窗戶入侵了。進房之後他嚇了一跳，怎麼這房間亂得跟遭過小偷一樣？而且現在明明是十二月，房內卻開著冷氣，眞是怪哉。冷得讓人發抖的寒氣，讓他差點就要伸手去關掉空調開關，不過他還是卻步了。雖然闖空門的次數不多，但過去的經驗告訴他：最好不要輕舉妄動。

小偷顫抖著身體打量房間，隨即注意到地上有支A片；好奇的他馬上打開外殼，但裡面卻空空如也。

他朝向抽屜踏出步伐，不料正巧踩在滑板上滑了出去，讓他險些栽跟斗。小偷奮力抓住床鋪逃過一劫，但腳卻在這時勾到耳機線，一口氣將耳機線拔出音響。出力一百瓦的音箱瞬間吼出震天價響的重搖滾樂，嚇得小偷大叫出聲，手忙腳亂地將音響關掉。

看波止場綠看得入迷的伸太郎此時感覺到二樓傳來聲響，倏地回過神來。

（什麼聲音？）

他腦中完全沒想到小偷入侵的可能性，只擔心被他丟著不管的各式電器。他開始感到不安，心想會不會是電器壞了。

伸太郎關掉電視走上二樓，再度走進信彥的房間。天寒地凍的房間，讓他一進房就冷得發抖。

伸太郎環視四周一圈，並沒有發現什麼異狀。他撿起空調的遙控器再度隨便按了個鈕，這下讓出風口的風勢更強了——因爲他按的是「強冷」鍵。

（慘了慘了，現在到底是怎麼回事？）

正當他想要亡羊補牢時，旁邊突然傳來聲響；仔細一看，到剛才爲止都毫無動靜的錄影機，竟然開始通電運轉了。只不過是預錄計時器依設定啓動，就讓伸太郎手足無措，因爲他以爲錄影機被方才的自己弄得秀逗了。不管按了什麼鈕都無法關掉錄影機，把伸太郎嚇得面色鐵青。

「壞掉了嗎？糟了，這下糟了！我把它弄壞了！」伸太郎在不聽使喚的錄影機前面心焦不已，他完全以爲機器被自己弄壞了。

一片混亂之中，他突然想到：把插頭拔掉不就沒事了嗎？他拉動電線找出錄影機的插頭，接著毫不猶豫地拔掉插頭、讓錄影機停止。

「急死我了，這下應該關掉了吧？」

伸太郎戰戰兢兢地試著將插頭插進插座——錄影機依然沒動靜，他總算安下心來。

「最近的機器眞難用，操作方式複雜得要命。我眞不知道用這些玩意兒是給自己方便；還是找自己麻煩，而且又很容易壞。」一邊嘀咕著，伸太郎一邊想起了剛才看到一半的演歌特別節目，於是便按下電視本體的按鈕。螢幕上播出的是動畫。他很想轉臺，但遲遲找不到電視機的轉臺鈕。伸太郎不耐煩地掃視四周，想要找出遙控器。

他發現床底下有一個看似遙控器的東西放在小小的黑臺座上。伸手一拿，寫有數字的按鈕居然發光了。

（一定是這個！不會錯的，上面還有頻道按鈕呢。）

伸太郎恍然大悟，完全不覺得按鈕編號只有0到9這件事有什麼蹊蹺，也沒注意到「外線」鈕正在發光、上面的孔洞正發出嗶嗶聲響。他作夢也沒想到這東西其實是名爲「無線電話」的電話機，因爲他總是使用樓下客廳的母機。

（呃……記得好像是第1臺吧？）

伸太郎按下按鈕1。它發出了嗶的一聲，但想當然耳，電視畫面並沒有改變。

（我記錯了嗎？難道不是第1臺，而是第10臺？）

正想按下按鈕10時，他的手指停住了；機器上根本沒有那樣的按鈕。他歪了歪腦袋。

（好奇怪喔，我記得有按鈕10啊。）

伸太郎沒有多想，馬上按下1與0，但畫面依然沒有改變。這下伸太郎被逼得發火了，就在此時，他的手邊傳出了人聲——聲音來源就是那臺被他誤認爲是電視遙控器的器具。

「哇！」他嚇得將那東西扔到床上，接著在旁邊打量了一會兒，飛也似地落荒而逃。這實在是太詭異了。

伸太郎逃出房間後沒多久，小偷便從吊滿洋裝的晾衣架中鑽了出來。他之所以躲在裡面，是因爲方才聽到有人上樓的聲響，情急之下只好撲進晾衣架裡。小偷四處摩挲著身子，他眞是冷透了。晾衣架就位在空調的下方，讓他在躲藏期間吹了不少冷氣；當冷氣轉到「強冷」時，他還以爲自己要凍死了。

在這種狀態下，他不可能察覺進來的人是誰、做了什麼，僅能從自言自語中推測出對方是一個老爺爺。他想著：如果家裡只有一個老爺爺，那事情倒還算好辦。

他拿起桌上的美工刀走出房間，接著不出半點聲響地走到樓梯中間觀察樓下的狀況。底下沒有說話聲，他猜想樓下應該空無一人。

（很好。）

他深吸一口氣，走下樓梯。

回到客廳的伸太郎再度按下四十吋電視的開關，但演歌節目已經播映完畢。他拿起遙控器隨便轉臺，結果不小心按到「訊號切換」鈕，電視畫面就這樣切換成「影像輸出」。由於錄影機沒有打開，因此畫面清一色灰濛濛的，讓伸太郎再度陷入恐慌。

（現在是怎樣？怎麼又秀逗了！這些家電到底哪裡有毛病？）

他拚命按了好幾次頻道鈕，但畫面依然不變；他也試過先關掉電源再重開，但仍舊徒勞無功。沒辦法，伸太郎決定先暫且放下不管。

「真是的，最近的機器怎麼都這樣啊？」伸太郎邊叨念邊坐在沙發上，忽覺臀部似乎碰到了什麼。站起來一看，原來是一支錄影帶。是那支A片！他拍了一下手。

（我怎麼完全忘了這回事？不看這個，我做這些事情就沒有意義啦！）

想起原先目的的他，趕緊將錄影帶推向錄影機，而這次也順利的被吸進去了。這支錄影帶上有誤消防止片（*1），最近大部分的錄影機遇到這種帶子都會自動播放，這家的機器也不例外。錄影機迅速地開始運轉。

（好，接下來就只剩下電視了。我得讓它播得出畫面才行。）

正當伸太郎想再度拿起遙控器打開電視時，他的嘴巴突然被摀住了。伸太郎試著想要掙脫，但一把美工刀卻冷不防亮在他面前。

「不、不要出聲！」說話的是個男人。「如、如果你不想死，就給我乖乖聽話，不准反抗！聽、聽懂了沒！」

伸太郎又驚又怕，嚇得差點尿失禁。他顫抖著點了點頭。用不著歹徒威嚇，伸太郎根本完全不敢反抗。他怕得不得了，他一點都不想死，還想多活個幾年。這突如其來的生死關頭讓他陷入恐慌，嚇得連站都站不穩。

「很好，不、不准出聲喔！把雙手放在後面！」

伸太郎乖乖照做了。強盜的手雖然已放開他的嘴，但他還是不敢出聲。

強盜用手帕綁住伸太郎的雙手，接著命令他坐在沙發上。強盜是個約莫四十歲的男子，黑黑瘦瘦的，穿著一件灰色的夾克。他的表情，怎麼看都是一個凶神惡煞。

小偷感到很害怕。這個老人意外地體格頗顯年輕，態度也十分沉穩。他沒有一絲反抗，但這樣反而更讓人覺得詭異。小偷很清楚自己的長相缺乏魄力，他覺得這個老爺爺肯定完全沒有把他放在眼裡。

「把、把錢交出來！」他以美工刀頂住伸太郎的脖子。

「你想要多少錢都可以。」老爺爺答道，「所以，快點回去吧！」

「錢在哪裡？」

---

*1 防止影片不小心被洗掉的裝置。

「我的外套掛在隔壁房間，錢包就在那裡面。」

「其他地方沒有放錢嗎？」

老爺爺搖搖頭。「我兒子不會在家裡放太多錢，而生活費也都寸步不離身地放在我媳婦的錢包裡。」

小偷本想「嘖」出一聲，但失敗了。由於太過緊張，他早就已經口乾舌燥。

他注意到沙發上有條樸素的圍巾和手套，於是他便用圍巾綁住老爺爺的雙腳，將手套塞進老爺爺口中；老爺爺面露恐慌、口中發出含糊不清的聲音，但似乎沒有生命危險。

小偷走進隔壁的和室。老爺爺所言果然不假，衣架上眞的掛著一件咖啡色的外套。他在內袋中摸出一個黑皮錢包，將裡頭的鈔票抓出來——共有兩張一萬圓和四張千圓紙鈔。搶老人的零用錢總讓他心裡不大舒坦，但既然都走到這一步了，絕不能空手而回。打定主意後，小偷將那幾張鈔票塞進褲子的口袋裡。

回到客廳後，他四處尋找値錢的東西，但沒找到什麼好貨色。最高價的物品要算是四十吋電視了，可是這種家電根本不可能帶著逃走。

「沒、沒辦法，今天我就暫且饒了你！」對著老爺爺說完後，小偷離開客廳穿過走廊，接著走出玄關。

就在此時，門打開了。

小偷嚇得大氣不敢吭一聲。出現在他面前的正是他之前看過的、這個家的居民，而旁邊則站著一名制服警察。

小偷和他們面面相覷了大約兩秒之久。沒有人說話，也沒有人改變表情。

最後，小偷當場癱軟在地。

「哎呀，眞多虧您急中生智！」中年男刑警佩服地說。因爲這起強盜案三兩下就解決了，所以他現在心情很好。

方才，伸太郎已經在客廳接受過警方偵訊了。

刑警接著說：「一般來說呢，當遇到歹徒入侵時，與其胡亂抵抗，還不如靜靜地報警來得安全多了。您的處理方式相當完美！」

「哈哈，過獎了！」伸太郎露出似笑非笑的表情，啜飲一口孝子端來的茶。這個晚上，家人對他特別體貼。

然而，伸太郎對這一切卻依然一頭霧水。刑警的說法是：警方接獲了一一〇報案，但對方卻默不吭聲，也沒有掛掉電話。警方擔心是不是出了什麼案子，於是隨即進行反追蹤，馬上就查出是這一戶打的電話。接著他們聯絡附近的派出所即刻前來查看，而正當制服警官來到這戶的家門口時，碰巧遇到剛用餐完畢的一家人。貞男聽了警官的話後，嚇得趕緊打開玄關門，結果看到一個陌生男子站在那邊。男子沒有抵抗，就這樣被警官逮捕。之後貞男一行人走到客廳，發現了被綁起來的伸太郎——。

伸太郎不懂的是打一一〇報案的這個部分，因爲他完全不記得自己曾撥打過電話。不過，既然歹徒因此被逮捕、大家也都很敬佩他，他決定不要太在意心裡的疙瘩。

「老爸，眞虧你能察覺家裡有小偷！」從貞男的表情可以看出：他對伸太郎完全改觀了。這個兒子最近老是瞧不起伸太郎，現在伸太郎可揚眉吐氣了。

「還好啦。別看我這樣，我的腦袋可沒有生鏽，還沒有遲鈍到無法察覺家裡有人入侵啦。」伸太郎摩挲著手腕說道。被綁住的地方，現在還有些疼。

「原來啊原來，這就是曾上過戰場的人特有的祕密武器啊！」刑警奉承道。「沒有啦沒有啦——哈哈哈——」伸太郎摸了摸頭。其實他根本沒有上過戰場；伸太郎因爲體格不佳，所以不用當兵。

「總之呢，爸爸你沒有受傷，眞是太好了！」繞到沙發後方的孝子開始爲伸太郎按摩肩膀。

信彥和警官走了進來，他們剛剛一直在二樓調查。

「那邊怎麼樣？」刑警問。

「到處都很凌亂，但似乎沒有東西被竊。」

「這樣呀?幸好幸好。」孝子邊按摩伸太郎的肩膀邊說道。
信彥歪了歪腦袋。「可是好奇怪喔，爲什麼小偷要打開冷氣啊?」
「冷氣?怎麼回事?」貞男問。
「我怎麼知道?總之冷氣的開關被打開了，害房間現在冷得要命。」
「這就怪了。」刑警也偏了偏頭。「還有什麼可疑之處嗎?」
「沒有……」信彥微微搖頭。事實上，他很在意自己珍藏起來的A片只剩下空殼這件事，但在父母面前，怎麼也說不出口。
「這間客廳沒有任何物品被偷吧?」刑警環視一圈。
「應該沒有。」貞男說完後看向伸太郎。「強盜沒有碰任何東西吧?」
「嗯，沒有碰。」
「這兒又沒有什麼值得偷的東西。」孝子呵呵呵地擠出滿臉的笑容。
「您客氣了，只是歹徒帶不走而已。這兒不就有如此高級的家電嗎?」刑警指向四十吋電視。「這東西所費不貲吧?」
「這個啊?」貞男探出身子。「我對它可自豪了。」
「畫面這麼大，想必可以享受有如豪華劇院的氣氛吧?」
「是啊，正是如此。」

「眞令人羨慕啊。我也很想買個大電視，但實在找不到地方擺。不過，會不會因爲電視太大而影響畫面品質呢？」

「沒這回事！」貞男拿起遙控器。「好好欣賞吧。」

所有人都將注意力集中在畫面上。

「奇怪，錄影帶怎麼動了？」信彥喃喃說道。

貞男按下開關。

# 傀儡新郎

茂秋換上繡著家紋（*1）的褶裙（*2）。要子退後一步，從頭到腳、滴水不漏地打量他一遍。三角鏡框內的鏡片閃閃發亮，她銳利的目光絲毫不像在爲兒子盛裝打扮的模樣感慨萬千的母親，倒像是在校規嚴謹的中學進行服裝檢查的老師。

要子緩緩地點點頭。

「這樣就萬無一失了。」

「眞的沒問題嗎？」茂秋大大張開雙手，宛如一只打開雙臂的人物造型風箏（*3），一臉認眞地向母親確認。

「是啊，別擔心，不然你再轉過去瞧瞧。」

茂秋一個口令一個動作地往右轉過身去。

要子加倍肯定地點點頭。

「茂秋啊，你看起來氣宇軒昂，這身打扮實在是太完美了。」

「這樣啊。」茂秋又轉了一圈，再次面向母親。

「都是令郎體格好，我們裝扮起來才特別得心應手，加上這件衣裳本身就很出色。」服侍更衣的女侍連忙在一旁阿諛哈腰，暗自在心底慶幸新郎的母親沒有挑三揀四。婚禮統籌師曾經說過，無論如何都不能得罪這位女士，所以她這次格外地緊張。

「茂秋畢竟是我們御茶之小路家的繼承人，不論在多麼重要的場合下都不得有失體面。」要子說話時並沒有看著女侍，只顧著對兒子投以微笑。「我該向各位來賓打招呼了，接下來該怎麼做，你大致上都明白吧？」

「是的。」茂秋順口答道，然後又說了句，「啊，媽媽！」他叫住要子。

「怎麼了？」

「我……」

茂秋正要開口，突然響起的敲門聲卻打斷了他。「請進。」要子回應。婚禮統籌師開門走了進來，他是這座壹貳參神宮婚宴會場中最資深的婚禮統籌師，聽說要子在訂下結婚場地時還特別叮囑：「不找來最資深的人籌辦這場婚禮我可不放心。」

「哎呀，原來您在這兒啊。」蓄著服貼三七分頭的婚禮統籌師一見到要子，立刻遞上手中的紙卷。「向您報告，祝賀的電報已陸續送達，可否請您從中挑出幾篇代表，待會兒我請主持人在喜宴上唸出來？」

「喔，這樣啊，我明白了。」要子接過電報，順手翻開最上面那則瀏覽，接著轉過頭去

---

*1 日本古代貴族表身分之用的家徽。

*2 原文爲「袴」，是指日本傳統服飾中男性穿的褲子。

*3 做成人物造型的傳統風箏，人物張開的雙臂剛好是風箏的兩翼。

望著茂秋。「是中林老師發來的。他說因爲身體欠佳，不能來參加婚禮。他從校長一職退休後，不知不覺過了好幾年。如果他能來那該有多好。」

「中林老師總是很照顧我，他不能來眞是太可惜了。」

「那麼您是否要挑出這篇，由我或主持人朗誦出來？」婚禮統籌師問道。

「好呀。對了，您另外一隻手上拿的又是什麼？」要子盯著婚禮統籌師的左手發問。

「這份電報是要給山田家的，我是想這些也得請示對方的意見。」婚禮統籌師回答。

山田家就是今天和茂秋結婚的女方娘家。

「哎呀，既然如此……」要子挑起單邊眉毛。「那部分也先交給我吧，這種東西就是要全部看過了才好選，您說是吧？」

「唔，請問……這樣眞的就行了嗎？」

「沒錯，我們會和山田家一起決定的，拿來吧。」

要子說著伸出手，彷彿在催促婚禮統籌師趕快交出全部的電報。

「這樣啊，那就有勞您了。」統籌師雖然有些猶豫，還是交出了手中的電報。

要子迅速翻閱過山田家的電報，低頭沉思片刻，然後轉向茂秋。

「我得去會場了。」

「是。」茂秋反射性地回應她。

要子走出房外，茂秋目送她的背影離去後，內心越發忐忑不安。事實上，他還想向母親確認一件事，在沒聽到答案之前，他無法安心前往婚宴會場。

趕緊追上前問個明白吧。他正打算這麼做，敲門聲卻突然再度響起。茂秋應了一聲，一位穿著巫女服（*4）的年輕女孩從門後探出頭來。

「我將爲您說明整場婚宴的流程，可否請您隨同前來？」

「啊，好的好的。」茂秋穿著木屐緩緩踏出一步。成年以來，他還是第一次穿和服，自然也沒有穿木屐走路的經驗。

來到另外開闢的小房間後，彌生早已在那裡等著他了。她穿著一身純白的傳統新娘傳統禮服，頭上披著白色棉帽（*5），頭巾下方可窺見她上了白色粉妝的尖細下巴。茂秋依照巫女的指示在彌生旁邊坐下。

彌生轉過頭來看向茂秋，在那一瞬間，他心想：原來她長得這副模樣啊。眼前是一張塗得死白的平板臉孔，感覺就像在白紙隨便地畫上了眼睛、鼻子和嘴巴；這張臉的確是山田彌生的，但現在就是想不起她沒化妝時的模樣，大概是因爲山田彌生這個人長得毫無特色可

*4「巫女」爲日本的神職女性，多穿著紅白色的傳統裝束。
*5日本女性傳統禮服的配備之一，是一塊戴在頭上的白布，用意是藏起新娘的臉孔以免讓新郎以外的人看到。

言。

我得和這個女人共度一生嗎？

茂秋茫然思索著這個問題。

想了又想，他心中依舊沒有湧上眞實感；應該說，他對結婚這件事絲毫沒有感想。初次聽到自己將要和名叫山田彌生的女孩結婚時，他直覺聯想到：

（這樣一來，御茶之小路家就能延續香火了。）

僅此而已。結婚對他來說，就是這麼一回事，除此之外再也沒有其他的意義了。因此，結婚不是茂秋的終極目標，他還有一個重責大任要辦，那就是留下子嗣。

總之，今天的首要任務是完成結婚儀式、公開宴客——

爲了達成現階段的目標，他得向母親確認那件事才行——

御茶之小路家是一個古老的家族。

若要詳加追溯它的由來，恐怕不是那麼容易，就連茂秋都沒把握能說得清楚。想講述御茶之小路家的淵源歷史，手中非握有祖先傳承下來的族譜不可，然而那份族譜嚴加保管在御茶之小路家的金庫裡，茂秋這一生親眼目睹它的次數屈指可數。

「我們的祖先是猿藩（*6）的重臣之一。」這是要子誇耀御茶之小路家時千篇一律的開頭。接著她便直接把重點帶到明治新政府（*7）執政後，家族受封為特權階級，和許多達官顯要交情甚篤等等。

要子是御茶之小路家第十二代當家，由於她的父母沒有生下兒子，所以由長女要子以招贅的方式傳宗接代。

茂秋的父親——也就是要子的丈夫，他在學校教書，外界對他的印象是僅只是看似相當纖細的人。他假日時老愛關在書房裡看書一整天，生性沉默寡言，總是躲在妻子的背後，這點每到親戚聚會時便特別嚴重。他們家靠著出租祖先留下的土地，來維持基本收入，因此茂秋父親賺的錢，並非家中主要的經濟來源。

茂秋的父親在他五歲時就因胃癌過世了。茂秋對他幾乎沒什麼記憶，只知道母親要子在某一天對自己說：

「簡單來說，你父親的頭腦很好。他們家的人比我們家的人會唸書，我之所以和他結婚，就是因爲你外公說『御茶之小路家新添這樣的血統也不壞』。」

*6「藩」意指江户時代諸侯的領土及統治機構。

*7西元一八六八年明治天皇即位，成立新政府，採行以天皇爲中心的國家體制。

說穿了，他們只是想要會唸書的遺傳基因罷了。

由於父親過世得早，茂秋幾乎是由母親帶大的，但他們家又和所謂的單親家庭沾不上邊。御茶之小路家所有家事都由女傭代勞，除此之外，當茂秋上小學時，家裡的會客室甚至聚集了十餘人的家族代表，一同為他決定該就讀哪間小學才好。談到本家（*8）長男的人生方向，御茶之小路家非得遵循傳統召開家族會議，由眾人共同討論決定不可。

茂秋就是在這樣的環境下長大。不但每天活在要子的監控之下，從言行舉止到生活習慣，甚至於服裝儀容，全都得經過嚴格的檢查。

要子尤其對茂秋的人際關係格外嚴厲。茂秋放學回家時，必須滴水不漏地向母親報告今天在學校發生的大小事，途中若稍微提到要子沒聽過的人名，就免不了一番追問，諸如：「你說的中村同學為人怎麼樣？他們家是在做什麼的？」。茂秋若回答不知道，要子便會當場打電話給老師，鉅細靡遺地詢問該位同學的成績、上課情形和家庭環境等等。雖然老師實在不該回答這些問題，不過這也是因為要子給人一種不容分說的壓迫感。

要子查清楚同學的身家背景後，便會替茂秋決定，他們今後還要不要繼續往來。「你以後不要和這位同學走得太近。」像這樣的命令也是時有所聞。茂秋總是在回答「是」之後，便躲回自己的房裡抱頭飲泣。因為玩在一起特別愉快的朋友，往往是黑名單中的成員之一；而要子要求「你要和這位同學當好朋友」的孩子，則盡是些無趣、只懂得墨守成規的同學。

即便感到不滿，茂秋也無法反抗母親。這個現象不限於交友，總之茂秋不得忤逆母親所做的任何決定，誰叫他是家中的繼承人。茂秋未來將接下御茶之小路家當家之重責大任，必須學習當家所應具備的一切條件，而要子將引導他走向正確的人生道路。

茂秋唸的小學附屬於某私立名門大學，學校採用的是從小學直升中學、高中的教育系統，不過茂秋在中學時就轉到其他學校就讀。新學校和前一所學校是難分軒輊的名門大學附設中學，唯一不同的地方在於它是一間男校。

「中學和高中這個階段最容易對異性抱有幻想，通常，年輕人都是在這個時期誤入歧途的，我絕對不能讓茂秋受到影響。」

這是要子在家族會議上的主張，在場的親戚無不點頭稱是，贊成送茂秋到男校就讀。

在這場會議上，還出現了以下發言。

「為了避免一時走偏、鬼迷心竅，最好的辦法就是送他進入男校就讀。世風日下，現在光是走在街上就充滿誘惑。」說這句話的人是要子的伯父，他可說是家族中的長老。他所說的「走偏」，泛指一切兩性關係。

「就是說呀，最近雜誌上常常刊載年輕女孩賣弄風騷的照片，簡直和裸體沒什麼兩

*8 始自日本從前的莊園制度，本家指的是名義上擁有最上級土地的家系。

樣。」要子的堂妹說道。

「只是賣弄風騷不算什麼，現在連裸照都理所當然地刊載在雜誌上，那、那那那種照片眞是不得了！全身都一絲不掛！三點全露喔！」要子的堂弟睜大眼睛說道。他在家族中算是年輕一輩的成員，由於用字遣詞過於粗俗，常引來長輩的側目。不過在這場會議上，大家更受不了的是他說的內容。

「太荒唐了！」

「不可能吧！」

「是眞的，大家有空翻一下週刊雜誌就知道了。」

「或許眞是這樣。」要子含糊帶過。「不光是色情氾濫，現在年輕人敗壞風紀的新聞也時有所聞呢。先別說那些低俗的雜誌，現在電視上不堪入目的節目也越來越多了。」

「嗯，看電視眞是百害而無一利。」身爲長老的伯父附和道。「那種東西看多了只會變笨。」

「我們家一向只看ＮＨＫ。」

「是呀，我們家也只看ＮＨＫ，其他電視臺淨播些沒營養的節目。」

「要子啊，這個時期還請妳務必當心。」家族中要子最信賴的伯父語重心長地說，「青少年時期充滿了各式各樣的危險誘惑，妳得看緊點才行，一個人的成功與否往往取決於後天環境的影響啊。」

「沒錯！」全員一致表示贊同。

「關於這點我自然會嚴加管教，以後可能還有許多地方需勞煩各位費心，還請各位不吝指教。」說完後，要子深深一鞠躬。

經過這次會議之後，自茂秋升上中學以來，母親要子對他的管教更是變本加厲，這點最先反映在茂秋的上學路線上。爲了防止茂秋在上學途中受到不當誘惑，要子親自調查了所有的通學路線，並選出她認爲最安全的路線，不准茂秋繞道而行；若遇到該路線暫時無法使用的特殊狀況，則必須打電話向家裡報備，由家人爲他決定要走哪一條路回家。

每天走同一條路回家，久而久之茂秋也想換走其他路線看看，但他總是在心中天人交戰，最後還是不敢輕舉妄動。只要想到母親知道了會多麼暴跳如雷，茂秋就提不起勇氣付諸行動；他的死腦筋完全想不到母親或許不會發現。他過去曾數度反抗母親，但沒有一次逃得過要子的法眼。實際上，要子只要是兒子的事就特別敏感，任何謊言在她面前都無所遁形。

另外，茂秋從沒帶過錢包出門，因爲家中只允許他隨身攜帶公車月票以及公共電話卡。

「反正中午學校會供給營養午餐，沒必要帶錢。學校是唸書的地方，不會沒事突然需要用到錢吧。」這是要子的理由。

那如果想買東西時該怎麼辦？這個時候，茂秋得向母親報告自己想要的東西是什麼，只要母親認定那個東西是必要的，就會出錢爲他買下來。但實際上，茂秋利用這種方式請母親買東西的機會可說是少之又少。造成這個結果的原因非常多，其一是茂秋在日常生活和學校會用到的物品，要子幾乎都爲他買齊了；加上茂秋大部分的時間都忙著唸書，根本無暇顧及其他事情。不過當中最主要的原因，還是他「沒有想要的東西」；正確來說，是他「不知道現在市面上都在賣些什麼，所以沒有特別想買的東西」。

如前所述，茂秋在上下學的路上接觸到的情報，全部都在母親的掌控之下。想看電視？他一天只能看一個小時的ＮＨＫ電視臺，而課外讀物裡當然沒有漫畫和雜誌，至於文藝類的書籍，只要是當代作家寫的，不管是純文學還是大眾文學都不能碰，就連聽音樂也只能選擇古典樂。

茂秋完全不知流行爲何物。他唸中學和高中時，就連外出都穿著制服。所謂的外出並非和同學出遊，不是要子帶茂秋拜訪親戚家，就是帶他聆聽古典音樂會，因此穿著制服倒也沒什麼不妥。

茂秋在學校的人際關係全由母親一手監控，沒有誤交壞朋友，也沒有同學教他一些旁門左道。撇開母親的干涉不談，打從一開始就沒人想接近他，因爲在同學的眼中，茂秋是個死氣沉沉的孩子。

茂秋宛如溫室裡的花朵，完全沒受到外界的汙染，進入大學後依然如此。他主修天文學，下課後他總在第一時間內返家，躲進自己位於二樓的房間裡盯著天文望遠鏡。這就是他每天的生活模式。

不過在這個時期，他的心中藏著一個煩惱；晚熟的他終於開始出現青春期特有的生理現象了。茂秋平均每個月夢遺一次，卻完全不知道自己是怎麼了，更不明白這個現象所代表的意義，令他苦惱不已。

要子當然發現了兒子的變化，她在左思右想之後，決定對他施行健康教育，並選在設置佛壇的廳房進行講解。要子在正座（*9）的茂秋面前拿出一個箱子，裡面放著祖先代代相傳的卷軸，講得白話一點，那其實就是性教育的說明手冊。這份卷軸因應時代變遷而一點一滴加入了不少科學新知，最古老的部份則是使用了類似浮世繪的春宮畫。要子利用這些資料，輕描淡寫地教導兒子男女身體構造的不同，以及懷孕的原理等等。

「也就是說，我沒有生病囉？」

「對，你沒生病，那個現象證明了你已具備生兒育女的能力。」

「我必須和某一位女性完成您剛剛說明的步驟，生下小孩，對吧？」

「這就是結婚的意思，但是這一點對你來說還太早。等時候到了，媽媽會幫你尋找合適

*9 疊起膝蓋，收攏雙腿的正式坐姿。

的對象，在那之前你都不能隨意接近其他女性喔，明白了嗎？」

「是，我明白了。」茂秋挺直背脊回答。

十年後，他才邂逅了所謂「合適的對象」。

巫女講解完婚禮程序之後，婚禮統籌師隨即來到。這代表他們即將步入會場，兩家的親屬早已在裡頭久候多時了。

「不好意思……」茂秋開口。

「什麼事呢？」

「呃、請問……家母在哪裡……？」

婚禮統籌師剎那間露出輕蔑的目光，不過很快就消失了。

「令堂也在裡頭等著您呢。」

「啊，這樣啊。」茂秋無奈地點點頭，不敢再多問。

他有件事很想問問母親，而且非問不可。

他決定等儀式結束後再找機會問她。

兩人的婚禮在神明的見證下舉行，這也是御茶之小路家自古以來的習俗，基督教的西式婚禮不列入他們的考慮。接著，茂秋按照巫女剛剛教的步驟，在聲勢浩大的親族見證下，和

新娘彌生一同宣讀誓言，喝下三三九度交杯酒。（*10）

茂秋一直到二十七歲那年生日，才開始認眞思考結婚這件事。不，正確來說，這也是要子的安排，茂秋在母親開口之前從來沒想過要成家立業；應該說，這種事根本輪不到他操心。他不需要求職上班，畢業後就在大學附設的天文觀測研究所擔任助手（*11），星星是他依戀的對象。

「嫁入我們御茶之小路家的新娘，必需是門當戶對的好人家，所以身家背景是你擇偶的優先條件。然後，這位女孩必須有教養，不但要能包辦所有的家事，還要擅長茶道與花道（*12）。除此之外，她的個性必須溫柔婉約、端莊賢淑，懂得時時站在你的身後謙卑地扶持丈夫。對了，她還得健康呢！我說的健康不單指身強體健，重點在於，她必須擁有能夠生下偉大繼承人的體質。」

*10 新娘手持紅色淺酒杯先啜飲一小口，接著換新郎喝，再由新娘喝下最後一口。新人交互連喝三杯，象徵這段姻緣乃合天、地、人之好；九度交杯，有白頭偕老、長長久久的意思。

*11 日本大學的教員階級之一。

*12 日本傳統茶藝與插花藝術，被認爲是好人家的女孩應學習的兩種禮儀。

當茂秋詢問母親如何尋覓結婚對象時，要子開出上述條件回答他。茂秋端正地與母親面對面而坐，一臉認眞地在記事本上抄下母親的叮嚀。

「還有一件事非常重要。」要子稍稍壓低聲音說道。

「請問是什麼呢？」茂秋問。

「那就是……」要子輕吐一口氣才繼續說：「她必須是處子之身。聽好囉，這點和其他條件一樣絕對不能妥協！嫁入我們御茶之小路家的新娘，一定得是未受汙染的純潔之身才行！」

茂秋大大地點了個頭，在筆記本上寫下「處女」二字，並在底下劃了兩條重點線。

湊齊這些擇偶條件後，他們開始尋找理想中的新娘。可想而知，這是一條艱辛的道路，茂秋每回相親大概都碰到相同的狀況。

「二十七歲？好像稍嫌年長了些。我認爲新娘較理想的年齡約在二十歲左右，最起碼不要超出二十三歲……」要子對媒人如此要求。

「話不是這樣說啊，太太。現在的社會越來越趨向晚婚，二十七歲已經算年輕了……」

「抱歉，我們茂秋的老婆非得是年輕女孩不可。女子年屆二十七尚未出嫁肯定有問題，我不認爲將近三十的女性從來沒有和男性交往過。勞煩您特地跑一趟了，請容我拒絕這門親事。」

就算通過了年齡的門檻，也會遇到下述難關。

「哎呀，您說她在東京都內的商社上班？這可不成，咱們家茂秋的老婆不適合在外拋頭露面……」

「對方眞的是位好女孩，而且自小學習茶道和花道。」

「但她不是在外頭上班嗎？這種女孩欠缺持家的矜持，而且極有可能過度流於世故、失去純眞，沒辦法當個好老婆。」

其他還有「曾經在外獨居的女孩做過什麼事沒人知道」、「學歷太高的女孩藉口特別多」、「專長太多的女孩愛管閒事」諸如此類的偏見，使得相親一事難上加難。大部分的時候，茂秋連女方的照片都沒看到，親事就遭母親回絕了。

幸好這個世界很大，還是有幾位女孩突破重重關卡，得以和茂秋在御茶之小路家常去的餐館面對面用餐，當中不乏要子相中的好媳婦人選。

不巧的是，這時偏偏輪到茂秋不受青睞。媒人所聽到的拒絕理由皆相去不遠，諸如「我不喜歡開口閉口都是媽媽的男人」、「他是他母親的傀儡」、「我看他是生錯時代了」等等。想當然耳，媒人不會當著要子的面這麼說，而會改用其他善意的謊言委婉帶過；儘管如此，要子聽了依舊暴跳如雷。

山田彌生是茂秋第三十五個相親對象，她從短期大學畢業後，就一直在家裡幫忙做家事，沒有在外工作的經驗，除了曾和母親學習茶道和花道之外並無其他長處。她不但生性寡言又常常面無表情，是一個非常不起眼的女子。就連說親的媒人，都在心底覺得與其說她生性內斂，不如說她傻楞楞的。

奇妙的是，要子就是相中了彌生，而女方家——山田家也爽快地答應了這門婚事。

結婚一事至此如火如荼地展開。

儀式結束後，眾人紛紛移動到攝影室，在這裡留下家族合影。茂秋趁機走到要子身邊，攝影師卻慌忙出聲阻止。

「來，請新郎坐在新娘身邊。沒錯沒錯，坐在那裡就好，媒人請坐在新郎新娘的旁邊，然後才是令堂。很好，這樣就對了。」

茂秋和要子之間夾了一個媒人，所以找不到機會開口詢問。折騰了老半天攝影大會終於結束，眾人紛紛移動到大廳，茂秋趕緊跟在要子後頭，結果攝影師又出聲打斷他，說要拍新郎新娘的結婚紀念照，於是茂秋只好無奈地留了下來。

拍完新婚照後，公開宴客的時間就要到了。茂秋努力尋找母親的身影卻遍尋不著，看來她已經進入會場就坐。

「聽好囉，我一打暗號你們兩個就同時入場。」婚禮統籌師下達指示。

「但我……」茂秋支吾其詞。

「又怎麼了?」由於時間就要到了，婚禮統籌師不禁目露凶光。

「不，沒事。」

「那請您過去站好，對，就是那裡。」

兩人在婚禮統籌師的指示下站在門邊守候，不久入場的音樂響起，大門隨之敞開;這時婚禮統籌師對他們打暗號，茂秋和彌生便沐浴在聚光燈下緩緩步入會場。

現場賓客紛紛鼓掌祝賀這對新人，照相機閃光燈不斷，大家都笑得合不攏嘴。

茂秋仍在尋找母親的蹤影。要子坐在最裡面那桌，正引頸欣賞兒子的新郎打扮，兩人的視線在瞬間交會。

媽媽——茂秋在心中發問。

媽媽，我想向您請教一件事，而且想立刻知道答案。

萬一——

萬一我在婚宴正精采時想上洗手間怎麼辦?而且還是大號。

新郎能中途單獨離席嗎?

這麼做會有失禮儀嗎?會令御茶之小路家蒙羞嗎?

媽媽，請您告訴我，我到底該怎麼做?

我就要憋不住了。今天打從一早起，我的肚子就翻騰不已，不斷發出詭異的咕嚕聲。我一直好想上廁所，卻老是抓不準時機。

媽媽，請您救救我。

這場宴會的步調進行得相當緩慢，來賓們不由得心生厭煩，上臺致詞的人意外地多，每個人一開口就是滔滔不絕，連唱歌表演的人都做了冗長的開場白。宴會進行的時間明顯地拉長了，但由於之後沒有其他人預約場地，宴會廳的負責人也索性放棄控管時間。

至此茂秋的下腹部已忍耐到極限，他所有的心力都拿去收緊屁股，根本沒有多餘的心思聽來賓致詞。更慘的是，無論是誰要上臺說話，新郎新娘都得先起立才行；每一次起立，茂秋都飽嚐了永生難忘的滋味。

近幾年來，新郎在宴會上更換服裝亮相已經不稀奇了，如果今天這場婚禮有這段安排，茂秋就能藉機衝去上廁所了。但很遺憾地，他們的婚禮沒有這道程序，新郎只要一直坐在上座就好，這也是御茶之小路家代代相傳的習俗。

今天的餐點是法國料理，最先端上桌的是前菜和湯品，之後則是魚、肉類料理以及沙拉，最後還送上甜點和水果。茂秋當然是一口都沒吃，他覺得自己只要吃了一口，好不容易憋在直腸裡的東西將會一口氣傾瀉而出。

他全副精神都放在收緊肛門擴約肌上，下腹部傳來陣陣悶痛，配合著心跳的節拍不斷刺激他的神經。一滴冷汗自茂秋的太陽穴流下，腋下也不斷冒出汗水。

即使如此，他依舊努力維持穩健的笑容，不時對致詞的人點頭稱是。在旁人眼中，他彷彿正在享受幸福至極的悠閒時光，能夠如此泰然自若多虧他平日訓練有素。而這一切，全是因爲要子曾嚴格教導他新郎在婚宴上應具備的儀態。

然而，要子並沒有教導他：在婚禮時想上大號該怎麼辦。

忍耐的過程實在太痛苦了，茂秋有生以來第一次對母親心生恨意。他不把憤怒的矛頭指向某人，就無法平息內心的波濤洶湧。

媽媽——

您爲什麼不回答我呢？只要您肯告訴我答案，我就不用這麼痛苦了。您不是什麼都會爲我解惑嗎？您不是說，只要照著您的話做就萬無一失了嗎？

茂秋已經弄不清楚宴會進展到哪一個階段，也不曉得現在是誰在臺上說話，他的腦袋逐漸空白，下半身又熱又僵硬，幾乎奪走他的意識。

然而，他竟在迷濛之中聽到主持人說：

「接下來有請新郎親娘獻花給父母。」

只見御茶之小路要子洋洋得意地站起來，她正沉醉在完成重責大任的充實感中。不用說，那項任務就是延續傳統、將御茶之小路家的名聲發揚光大。她心想：接下來茂秋要是能爲家裡添個男丁，我就能卸下肩頭的重擔了。關於這一點，她倒是相當遊刃有餘；她託了信賴的醫師徹底檢查過彌生的身體，確認她是處子，也具備了懷孕生子的能力。

因此，要子理所當然地認爲自己今天該收下這束花。她成功培育了家族接班人，也順利地爲兒子娶到了好老婆，理應受到眾人的贊揚。

會場的燈光頓時暗了下來，背景音樂靜靜地流洩而出。新娘抱著花束走上前來，而茂秋則稍稍慢了一步站到她身旁。

就在主持人誇大其詞地說著祝賀詞時，茂秋及彌生各自捧著花束走向自己的父母。這時要子察覺茂秋不大對勁；他的臉色看起來不大好，而且走路的方式非常不自然，像個老人一樣彎腰駝背。

「請新郎新娘獻花給無私奉獻至今的偉大父母！」

主持人說完，茂秋趕緊遞出手中的花，眼神像在抱怨著什麼。要子收下花束，小聲對他說：

「給我站直點！」

一聽到這句話，茂秋反射性地挺直背脊。很好。要子以點頭代替回答。可是下一秒，她看見兒子露出奇怪的表情。他先是痛苦地歪過脖子，接著表情逐漸轉爲哀傷，哀傷又變化爲舒暢，之後則變得面無表情、一臉呆滯。

「你怎麼啦？茂秋，快說話呀！」要子悄聲呼喚兒子，她的寶貝兒子卻像尊傀儡般動也不動。

最先明白發生了什麼事的，是新娘彌生。她驚見新郎的褶裙中漏出某些物體，接著扯開嗓門大叫一聲，拉起衣襬拔腿就逃。

## 女性作家

作家當然也會懷孕啊，畢竟是女人嘛。

可是爲什麼偏偏在趕我們的稿子時懷孕呢？我說過好幾次「請在連載時注意身體健康」，但是她擺明了沒聽進去！

我也知道懷孕不等於生病，是件値得慶賀的喜事。如果不是碰到截稿時期，我也很想悠哉地說幾句祝賀的話！但我現在眞的很傷腦筋，畢竟稿子還在連載當中。主角突然被捲進某個事件，接下來正是最精采的地方！讀者們都期盼著、想要先睹接下來的發展，結果出版社卻突然說：

「因爲作者懷孕，本作暫時休刊。」

哪有這種事啊？

而且這次的作品講的還是不婚超級女強人，隨著調查敵方公司的非法走私，而漸漸步入危險的圈套。怎麼想都不適合居家氛圍嘛！正因如此，我才會請作家注意本身的形象，結果卻——

「作者懷孕了！」

這下子，形象全毀了！

關於這一點，其實出版社也可以不提懷孕這件事，改用「因爲作者個人因素」這類藉口蒙混過去，但是……

哪有人因爲懷孕就無法寫小說啊？

「啥？肚子大了？管她大不大肚子，快叫她寫！手還能動吧？還能打字吧？」

我很不想跟總編一樣說出這麼下流的話，但就連我也不禁有這種想法。或許因爲我是個男人，所以無法理解她的狀況吧？

就這樣，我爲了送上祝賀禮金，順便將這件事問個清楚，而來到作者家。

我在掛有宮岸家門牌的門柱前停下腳步。按下對講機的按鈕後，應聲的居然是個男人，讓我吃了一驚。

走出玄關的是一個戴著圓金框眼鏡的瘦皮猴。他的年齡約莫三十多歲，雖然氣色不佳，依然堆出笑臉對我說：

「來，請進請進。」

他引我進入屋內。

「打擾了。」

這傢伙就是罪魁禍首嗎？我看著瘦皮猴的側臉。這裡我來過好多次了，但一次也沒見過他。聽說他平常是個上班族，也就是說今天休假？

（在做愛之前，可不可以先想想，這樣做會爲別人帶來困擾？）

我在心中罵道。

在客廳等待片刻後，宮岸玲子現身了。她穿著花俏的無領長袖格子運動衫，搭上長得誇張的長裙，頭髮則照舊編成辮子垂在右肩前。她的氣色雖然欠佳，看起來仍顯得豐腴。應該是懷孕的關係吧？

我站起來，深深的鞠了個躬。

「恭喜老師喜獲麟兒。」

「討厭，不要這麼正經嘛！這樣反而會讓我更害臊喲。」

宮岸玲子掩住塗滿口紅的血盆大口，呵呵呵地笑個不停。光是這樣就教妳害臊，那妳怎麼都不會為寫明信片通知出版社懷孕一事感到羞愧？我忍住破口大罵的衝動，從西裝內袋拿出紅包：

「這是敝社的一點心意，請老師笑納。」

裡面有五萬圓日幣。其實本來應該是要在生產以後才送的，但總編想出了一個鬼點子：若是現在送出禮金，我們就可以佔有心理上的優勢，逼得她不得不繼續寫稿連載。

「唉呀唉呀，這這這……這怎麼好意思呢？」

嘴上說不好意思，但宮岸玲子還是不客氣地收下了。

這時傳來敲門聲，門打開了；剛才那個瘦皮猴用托盤端著咖啡走了進來。

「啊，有勞您費心了。」

我看著他那在桌上放下咖啡杯、瘦骨如柴的手，對他點頭致意。

「老公你看，人家送我們這個耶。」

宮岸玲子將裝有五萬圓的紅包甩了甩，而瘦皮猴則重新戴好眼鏡，亟欲看個仔細般地瞇細了雙眼。

「這……眞是太不好意思了。」

「不，應該的。」

「那我就不打擾你們了，請慢用。」

他交互看了看我和紅包，接著慢慢退到後方，直到完全走出房外才關上門。

「您的先生今天不用上班嗎？」

我啜飲一口瘦皮猴泡好的咖啡後問道。這咖啡泡得還不錯；回想起來，我以前從未在這個家喝過飲料。

「喔，你說工作啊……他不幹了。」

宮岸玲子淡淡地說出這句話，讓我差點噴出剛入口的咖啡。

「不幹了……意思是辭職了嗎？」

「是啊。既然都懷孕了，就需要有個人來全天候處理家事吧？我也想過要不要僱個傭人，但後來我發現，其實他才是最適合做家庭主夫的人。」

這位女士似乎不考慮辭掉自己的工作；不過以收入來考量，會這麼做也是理所當然的。

「呃……您的先生在什麼樣的公司高就呢？」

「他是電腦技術人員。公司對他的實力相當讚賞，但他老是抱怨工作太操勞。他本人好像也很高興可以有這樣的轉變呢！你看了也知道，他這人就是天生的家庭主夫。」

我不自覺點頭同意。眞是一種米養百種夫妻啊。

「對了，老師。」

我正襟危坐，打直腰桿。

「關於敝社的連載……」

「喔，你說那個呀。這次眞的很不好意思。」

宮岸玲子若無其事地低頭行禮，看不出半點歉意。「在這麼重要的時期做出這樣的決定，我眞的覺得很過意不去。將來我會想辦法補償你們的。」

「不是的，這……」

我舔了舔嘴唇，「這次老師的作品得到了相當大的好評，而且也有很多讀者寄信來表示很期待接下來的發展。」

其實我們的雜誌並沒有賣得很好，我剛才全都是瞎扯。不過這也是善意的謊言嘛。宮岸女士信以爲眞，「也是，也是。」地頻頻點頭。

「因此，我們覺得現在中斷連載是件很可惜的事。如何？每回的頁數可以幫您減少一些，能不能請您繼續連載下去呢？我們總編也說，這樣對我們來說有很大的幫助。」

「辦不到。」

我這麼拚命地想要找出兩全其美的方案，宮岸玲子卻二話不說地打我回票；這樣的態度激怒了我。

「爲什麼？」

「因爲醫生禁止我這麼做呀。他說懷孕中不能過度操勞，尤其更不能接下會帶給我壓力的工作。我也不年輕了，肚裡的孩子很有可能是我第一個、也是最後一個小孩，所以我想要在最完美的狀況下生下他。」

「可是讀者……」

「讀者也很能體諒我呀。而且我覺得端出這種交差了事的作品，也太對不起讀者了。川島先生，你不這麼認爲嗎？」

「這個嘛……」

心裡明知不能中她的計，但還是不自覺就被說服了。不行，對這個女人講理是沒用的。

「不能請您幫幫忙嗎？我們這邊也很不好過……」

我轉而使出苦肉計，但宮岸女士的表情卻越來越凶悍。

「又不是我不寫，就會害你們公司倒閉。如果我有什麼萬一，你們負得起責任嗎？負不起，對吧？畢竟小寶寶的生命是無價的嘛。這樣你們還想要逼我寫？川島先生，到底是我肚裡的孩子重要，還是眼前的工作重要？」

當然是工作重要啊。我很想這麼說，但還是忍了下來，只回以「嗯！」一句沉吟。肚子好像開始痛了起來。

「沒有啦，我當然不反對老師好好靜養，只是……該怎麼說呢？我們的總編……」

正當我吞吞吐吐地不知該如何說明時——

「也就是說，是尾高先生從中作梗囉？」

她直截了當地丟出總編的名字，我不由得反射性地回答：「是的。」

「我明白了。」

宮岸女士站起身來，快步拿起放在房間角落的無線電話，接著熟練地撥出一個號碼。

「啊，敝姓宮岸，請問總編在嗎？……啊，尾高先生？好久不見，現在川島先生正在我旁邊——」

宮岸玲子將方才對我說過的話重複了一遍，不過語氣更爲凶悍，話筒幾乎都要沾滿她的口水了。

滔滔不絕地抱怨一番後，這次換宮岸女士聽總編怎麼解釋了。我本來以爲她又會開始大發雷霆，但她卻意外地笑了出來。

「唉呀，原來是這樣啊？我就知道尾高先生您一定能體諒我。」

通話在茫茫如墜五里霧中的我面前和平結束了。

「總編說要暫時休刊。這樣你就沒意見了吧？」

宮岸玲子挺直腰桿、得意洋洋地說道。

沒辦法，我只好說了聲「我沒有意見。」後便夾著尾巴逃出宮岸家。不過一回到公司，總編便對著我大罵：「你這個飯桶！」

「你以為我是派你去那裡幹嘛的？居然還把禮金平白送給她！」

「可是下結論的是總編你啊。」

「在那種情況下，我當然只能那樣說啊！」

一陣醜惡的爭吵過後，我們不約而同地嘆了口氣。

「隨她去吧，先來想想下個月要怎麼補頁數吧。」

總編的這句話，宣示了這次的勝利完全屬於宮岸女士。

宮岸玲子以作家身份出道，是在距今三年前的事。她的某部作品得到某新人獎後狂銷熱賣，之後便讓她擠入暢銷作家之列。外界將這一切歸功於富有現代感的文筆和引人入勝的劇情。但依我看來，將讀者鎖定於年輕女性，才是她成功的原因吧？宮岸玲子出道時才三十歲左右，這點也讓讀者對她多了份同儕意識；如果作者是個不起眼的大叔，不管作品再怎麼有趣，也絕不可能像她的一樣暢銷。

她之所以開始寫作，是因爲想排遣辭職結婚後的無聊時光，想不到現在竟成爲動輒熱賣十萬冊的當紅炸子雞。正因如此，她才會毫無顧忌地爲所欲爲吧？若是默默無聞的作家提出這種要求，肯定馬上就會被打入冷宮。

就如宮岸玲子之前所說的一樣，她現在幾乎不再工作，就算寫了也只是短短的散文，而且每次都是跟懷孕生產的相關話題。在她的腦中，目前恐怕只容得下這些了吧。

那年年尾，宮岸玲子寄了封明信片到編輯部。裡面寫著男嬰平安出生了，但由於無法馬上工作，所以希望可以在下個月開始繼續連載。沒等到總編下令，我就撥了通祝賀電話到宮岸家；接電話的是那個瘦皮猴，他說宮岸女士現在正跟寶寶一起在娘家靜養。我問他娘家的電話，他卻一反常態地死都不肯說。

「沒辦法，就這樣吧。不過下個月開始一定要好好逼她寫喔！」

總編臉紅脖子粗地說道。

然而，這股氣勢最後還是沒有表現的機會。隔月，我們還來不及催促宮岸女士，她就自己將稿子寄來了。我又驚又喜，馬上興高采烈地致電感謝她的幫忙。宮岸女士已經回到家中。她說：

「不用道謝啦。畢竟是我給你們添了麻煩，這是我該做的。」是因爲剛生產完的關係嗎？好久沒聽到她的聲音了，現在聽起來竟比先前柔和了些。她的背後傳來嬰兒的哭泣聲。

「別這麼說，我們眞的很感激您。這陣子我想再去府上拜訪一次，下週您有空嗎？」

「咦？下週？下週不大方便耶……」

「下下週也可以。」

「嗯──」

宮岸玲子在話筒另一端想了一會兒。「不好意思，最近我沒辦法會客。你也知道我現在有了寶寶，所以……」

「這樣啊……」

妳不就是爲了讓妳的丈夫帶小孩，才叫他辭掉工作嗎？算了，既然她不准我去，我也不能強人所難。最後我們決定擇日再約，便掛掉了電話。

之後，每當接近當月截稿日，宮岸女士的稿子就會完整送到。在她宣布休刊之前，不管我們死催活催，她總是說：

「我的體內現在還沒有湧出靈感呢。」

之類的藉口來拖稿，現在可真謂脫胎換骨。在我看來，她是因爲成爲一個母親，而丈夫那微薄的薪水也沒了，所以不得不逼自己振作起來吧？

不過，直到宮岸玲子生產後半年，我仍未見到她的面。畢竟有事可以用電話聯絡，而原稿也可以靠傳眞來解決。

我問了其他出版社的人，似乎大家遇到的狀況都一樣。只是，每個編輯都爲原稿提早送到這點，由衷地感到欣喜。

一個八月酷暑的傍晚，我前往宮岸家。雜誌的連載在兩個月前順利結束，我此行的目的是要送上原稿出書前的打樣。其實本來是打算郵寄的，但打工的女孩迷迷糊糊地忘了寄，加上宮岸家跟我回家的方向順路，於是我便決定自行送達。

我走進宮岸家附近的電話亭，告知她我即將登門拜訪。

「現在要過來？這……不方便耶，我正忙著工作呢。」

宮岸女士很明顯地亂了陣腳，她這副狼狽的模樣，激起我的好奇心。

「我只是來送打樣而已，到玄關我就會告辭了。老師您就專心工作吧。」

都說到這個地步了，想必她很難拒絕。宮岸女士沉默了半晌，

「我知道了。我會叫我先生去拿，請你把東西交給他。」

接著便沒好氣地說出這句話。

抵達宮岸家後，瘦皮猴老公果然來到了玄關。他看起來比以前更瘦了，而且眼睛充滿了血絲，彷彿訴說著家庭主夫和育兒有多麼辛苦。我把打樣遞給他。

「老師的情況如何？她好像很忙呢。」

「還好啦，還過得去。麻煩您大老遠跑這麼一趟，結果她卻不能會客，眞是不好意思。」

他一臉虛弱地頻頻鞠躬道歉。就在這時，後面的房間傳出了嬰兒的哭聲。他說了聲「不好意思」後走回房裡，沒多久便抱出一個嬰兒。

「哈哈哈，眞傷腦筋，小寶寶就是片刻都不能離身。」

他無力地笑了。嬰兒持續地哭泣著，老實說那張臉眞稱不上可愛。不知是否過度用力的關係，看起來還眞像煮熟的平家蟹（*1）。

「小孩子有精神是最好的了。」

說完這句場面話後，我便表示要告辭。

走出大門後，我沒有回到原先的路，反而繞到屋子後方。我知道宮岸女士的工作室就在那兒。

*1日本蟹類，甲殼上凹凸不平，看似人類生氣的表情。

我攀著圍牆踮起腳尖，偷偷往屋內窺去。院子對面有個大窗戶，窗戶上掛著塊白色的蕾絲窗簾。

透過窗簾，可以看見穿著粉紅色T恤的宮岸玲子。好久沒見到她了，她還是老樣子。她面對電腦默默地打字，偶爾會回過頭，或在屁股上搔癢。

（跟平常沒兩樣嘛。）

我不自覺的望向四周。窗戶斜下方的巨大空調室外機正「嗡——」地發出馬達運轉聲，看著看著，我突然懷念起冷氣的冷風，於是便離開圍牆，打道回府。

出版界現在盛傳著「宮岸玲子變孤僻了」的傳言，理由是：生產都已經過了一年，卻沒有半個人可以私下見到她。有人說她變胖了，也有人說她整型失敗，但這些說法都被包含我在內的數名編輯給推翻了。令人不敢置信是，除了我以外，居然還有其他人在窗外偷窺過她；其中一人甚至還被附近的家庭主婦撞見，差點被當成色狼。

最近也有人偷窺過她。根據他的說法，宮岸玲子平時依然埋首於工作，但偶爾也會稍作休息；而現在小寶寶也長大了一些，她也會逗著他玩。

「或許是因爲生了小孩後，覺得自己像個媽了，所以不屑理會出版界的怪人吧。」

對方自嘲道：「管它的，只要她好好工作就好，其他的我管不著。」

確實如此。她的工作狀況頗受好評，而書也賣得跟請產假前一樣好。

然而，那一天我卻看到了不該看的東西。

天空萬里無雲。雖然是四月天，卻熱得讓我想脫掉外套。今天我來到了久未造訪的宮岸家，目的是爲了送上單行本的樣書。我按了宮岸家門牌下的對講機按鈕，等待宮岸女士的丈夫前來應門。

但是，不管我按了幾次門鈴，對講機依然沒有傳出他微弱的嗓音。我已經事前聯絡過他們，沒理由會不在家。

我繞到屋子後面，再度像上回一般隔著圍牆觀察裡面的動靜。窗戶仍舊掛著窗簾，但室內景象一覽無遺；宮岸女士正在房間裡工作著。一切都和上回相同，唯一的不同點就是這次她穿的是春季毛衣。

（既然在家，幹嘛不應個門？還是這裡做了隔音設備，所以聽不見？）

這時，我注意到了上次看到的那臺空調室外機。天氣這麼好，它卻依然不停地轉動著。

（太浪費電了吧？）

窮酸的我不禁湧現這種想法。

過了半晌，宮岸女士忽地察覺到什麼似地回過頭來，接著露出笑容，蹲下去又馬上站起。她手上抱著一個小孩；看來她的兒子已經學會搖搖晃晃地走路了。

正當我繞到前門、想要再按一次門鈴時，一輛黑色奧迪汽車恰巧開入停車場。宮岸玲子那瘦弱的丈夫走出駕駛席。

「不好意思，路上有人發生車禍，塞了好一陣子……有沒有等很久？」

「沒有，我才剛到。」

聽我這麼一說，瘦皮猴似乎鬆了口氣；他打開後車門，裡頭走出一個穿著白衣的小孩。

「請問……這孩子是？」

「是小犬。人家都說小孩子長得快嘛。」

「喔……」

這是怎麼回事？如果他是他們的小孩，那方才宮岸女士手上抱的又是誰的小孩？我可沒聽說他們生的是雙胞胎！

「怎麼了？」

看到我一臉疑惑，瘦皮猴隨即不安地想問個究竟。他那懼怕的眼神，讓我開始猶豫該不該問他兩個小孩的事。

「不，沒什麼。您的小朋友好可愛喔。」

我隨口說了句客套話後將樣書遞給他，接著便離開現場。然而，我心中的困惑卻一直無法散去。

當天，我造訪了宮岸玲子生產的醫院。我本以爲她是爲了什麼理由才隱瞞自己生了雙胞胎的事實，但醫生才聽到我說出「宮岸玲子」這四個字立刻板起臉來。

「有什麼問題嗎？」

你那像要找人吵架的態度就是個大問題吧？我想。總之，我先挑了「宮岸老師產後的身體狀況如何」等無關緊要的問題，但那名醫生不知究竟哪裡不高興，態度不只越來越強硬，最後還對我說：「你是來找碴的嗎？」

他生了氣，害得我落荒而逃，但也肯定這家醫院一定有什麼祕密。

我問遍了醫院附近的住戶，終於得到了一條很有意思的情報。熟知那家醫院的居民——尤其是中年婦女們，個個都不約而同告訴我：

「那兒的醫生都是蒙古大夫。」

人們很容易被該醫院既現代又宏偉的外觀給欺騙，其實那裡已經醫死好幾個人了；不只如此，每個人都認爲那些受害者在其他醫院絕對可以治得好。

我有股不祥的預感。

但是，我不認爲宮岸女士身上發生過什麼事，畢竟她工作時那麼有活力。何況「醫生的醫術不好」和「有兩個小孩」實在是八竿子打不著關係。

（到底是怎麼回事啊？）

我暫時放棄追查的念頭。

讓我想要重新展開調查的契機，是起因於某則經濟報紙上的報導。看到它之後，我心中懸著的那顆大石倏地落下，眼前浮現一個可能性十足的假設。

我跟朋友借了支手機，前往宮岸家。今天我沒有按門鈴，而是直接繞到房子後面。從圍牆外挺直背脊一看，宮岸女士依舊如常坐在房間裡。確認完畢後，我用手機撥了通電話到宮岸家。應聲的人是宮岸玲子的丈夫。

「我是四葉社的川島，請問宮岸老師在嗎？」

「啊，她在她在，請您稍等一下。」

我從窗外邊看著她邊等待，但瘦皮猴既沒有過去叫她，她的房間電話也沒有響起鈴聲；而等著等著，

「啊，抱歉讓你久等了。」

宮岸女士的聲音居然從聽筒中傳了出來。

「我是川島，老師您現在的工作狀況如何？」

「嗯——還是一樣忙不過來，恐怕沒辦法接你們公司的工作喔。」

「那眞是太可惜了。」

窗裡的宮岸女士依然維持著同樣的姿勢工作著；如果她是宮岸女士，那麼現在是誰在和我通電話？

隨便找個理由結束通話後，我離開宮岸家。在回程的電車中，我取出那則讓我在意的報導。

報導中寫的是：宮岸玲子丈夫待的上一家公司，成功的開發了家庭用高解析度巨大螢幕。

坦白說，我對自己身爲編輯的能力已經失去信心。小說中途換人接手，我居然渾然不覺。不過其他編輯也差不多！還有那個寫出「女性化的纖細筆觸」這種屁話的書評家，他和我們也是同類。

話說回來，那個瘦皮猴還眞大膽。

宮岸女士八成是被那個蒙古大夫給醫死的。我曾經聽說最近已經沒有人會死於生產了，但我看也不全然如此。

不過，瘦皮猴卻跟醫院串通，想要製造出宮岸女士沒死的假象。院方當然不想讓自己的評價更加惡化，於是便一口答應他的提案。

爲什麼瘦皮猴要這麼做？這是因爲他想守住現在的生活。只要宮岸女士死了，家中收入便不保；所以他就代替太太寫小說，以宮岸玲子的名義發表文章。

問題就在於他該如何營造出宮岸女士還活著的假象。首先是電話，他大概是用機器變換了自己的聲音周波數，讓自己的聲音聽起來跟宮岸女士如出一轍吧？這麼一說，我才想起，當我說完話後，她總是等了一會兒才開口。

而我從窗外看到的景象，肯定是報導上的巨大螢幕製造出來的效果。那八成是他向上一家公司的同事借來的樣品之類的玩意兒。

那個宮岸女士的姿態全部都是電腦動畫做出來的嗎？居然連小孩的模樣都可以程式化，做得也太細膩了。

這麼一來，空調的謎題也解開了。持續使用巨大螢幕和電腦，想必累積了不少放熱量，當然就有了不停開冷氣的必要。

不過，眞沒想到那個瘦皮猴有這樣的文才。

想到這裡，我心中突然一震。

會不會其實一開始就是他寫的？

會不會他們覺得年輕女性作家比較有賣點，所以決定掛上宮岸女士的名字？

這下子，所有的疑惑都說得通了；他最近之所以可以如期交稿，正是因爲辭掉工作專心寫作的緣故。

「然後呢？」

聽完我的話後，總編擺著撲克臉說道。「那又怎樣？」

「什麼怎麼樣……你不吃驚嗎？」

「我很吃驚。」

「看吧。」

「可是那和我們有什麼關係？」

「…………」

「我們需要的是作者宮岸玲子這張標籤。只要貼上這張標籤，讀者就會買單，宮岸玲子是誰，其實一點也不重要。懂嗎？」

「我懂。」

「那就好。」

總編指指我的辦公桌。「回去工作！」

我沒有半句怨言，回到了座位。我這才恍然大悟；如果讓社會大眾知道宮岸玲子其實是那個瘦皮猴，我們說不定會被讀者給宰了。

我決定不再管這件事。

數年後，宮岸玲子已成爲暢銷的代名詞，但出版界從不過問她的私生活，頂多偶爾會有菜鳥編輯在宴會中說出：

「前陣子我從窗外看到了老師的樣子，眞是嚇了我一跳，跟出道時的照片幾乎一模一樣呢。」

這時我們這些老鳥編輯就會忽地轉向後方，開始和其他人聊天。

# 殺意使用說明書

我常來神田，但至今從未踏進舊書店一步。光是想像不戴手套去摸那些不知打哪兒來的書，就讓我全身發毛。而且重點是：我最近根本不怎麼看書，我看的印刷字頂多就是轉行情報誌。總之這一、兩年來，即便是書店的新書區都讓我敬而遠之。

既然如此，爲何我偏偏要在今天莫名其妙的晃進這家店裡來呢？這是家位於拉麵店隔壁的小店，骯髒破舊的書本在門口堆積成山，稍不留神，前幾天買的裙子很可能就因此報銷。

店裡的人大多爲男性。每個人不是專心盯著書架上的書本；就是拿在手上埋首苦讀。他們沉浸在自己的世界裡，眼中根本看不到別人。他們是一群阿宅（*1），我想；而且是一群讀書宅。

我看著一望無際、多得煩人的書背，覺得再待下去也只是浪費時間。這裡沒有我想找的東西；同時這裡也是全世界最與我無緣的地方。

然而，不知怎的，我竟離不開這家店。當我走過這家店的門口時，總覺得這裡有某種東西；某種正在呼喚著我的東西。

我漫無目標地茫茫凝視著眼前的書山。這家店到底有什麼東西這麼吸引我呢？

過了半晌，我不禁在心中開始嘲笑自己。蠢斃了！這種地方怎麼可能有東西能救得了現在的我？這只不過是被逼進死胡同後產生的可笑幻覺罷了。

出去吧。出去喝杯苦澀的咖啡，這樣總比待在這裡好。

當我正懷著這樣的想法，亟欲走向門外時，某本書吸引了我的目光。

那本書放在離出口最近的書架最底端。它的厚度約莫一公分，沒有書皮，是一本白色的書。

殺意使用說明書。

這就是它的書名。書名的字跡相當模糊，不仔細看根本看不懂。爲什麼它會吸引我的目光？連我自己都不清楚。

一回過神，我已經買下這本書，走出店外了。我在櫃臺結帳時，老闆意味深長地瞧了我一眼，但最後也僅以冷淡的語氣說了句：「兩千零六十圓。」

兩千零六十圓，這個金額用來亂花，再適合不過了。

回到狹窄的單人套房後，我簡單吃了頓晚飯，把剛買來的書放到桌上。殺意使用說明書。這個書名眞的很奇怪。仔細一想，我連它是小說或散文都不知道，就買回來了，該不會是本工具書吧？

不過呢——

翻開書本一看，第一段便寫著如下的文字：

*1 指對某項嗜好特別熱愛並研究透徹的一群人，但現今已演變爲略有貶意的說法。

「每個人都可以輕鬆獲得殺意。但事實上，並不是每個人都了解正確的相關知識；若是光憑一知半解就草率行事，可能會招致非常悲慘的後果。本書的目的正是教導首次使用殺意的讀者如何安全、正確地殺人。此外，當您翻開此書後，務必小心保管本書到達成目的的最後一刻爲止。」

接著我又翻開了下一頁，上面寫的是這本書的目錄。

「目錄



「哇！這是啥啊！」我不自覺丟開這本書。

這根本就不是小說也不是散文，而是貨眞價實的使用說明書！我幹嘛買這麼無聊的東西回來？

不是我自誇，我最討厭的就是使用說明書了。每當買了錄影機或音響等電器用品，這種東西總會跟著附在上面，但我從來沒有認眞看過那些使用說明書。我對付電器用品有一套自己的方法，那就是：隨便亂按、隨性操作，因此認識我的人總說我空有一大堆高性能的機器，卻連它們十分之一的能力都沒有使用到。

我之所以不看使用說明書，理由有二：第一，總是在看到一半的時候，就越看越糊塗。只要看到我不懂的詞句或是莫名其妙的專有名詞就會讓我感到煩躁，兩年前買來的筆記型電腦，連用都沒用過就塞進衣櫃裡。就是爲了這個原因。

而不看使用說明書的另一個理由，則是它們寫的全是胡說八道。我也曾好幾次在機器怎樣都動不了時，求助於使用說明書，但它們卻不曾解決過我的問題。舉例來說，當我想要預錄電視節目時，照理說只要按照使用說明操作即可，但有時就是無法錄製成功。失敗了就會產生不安，於是當我想預錄非看不可的節目時，只得準時坐在錄影機前，看它是否有確實錄製——這樣預錄還有意義嗎？盛怒之下，我得到了一個結論，那就是：「使用說明書上寫的全是鬼扯」。

我丟開剛買回來的書，按下遙控器的開關，想要看個電視。但是不管我怎麼轉臺，電視上播的不是無聊的連續劇、新聞報導，不然就是全國吃透透的美食節目。我關掉電視，再度望向桌上的那本書。

想想，這眞是本奇妙的書。我認爲所謂的「殺意」，指的是突然出現在人的心中驅使當事人行凶的東西，不可能像電器用品一樣可以開開關關、調東調西。

我再次伸向那本書，翻開了寫著「準備」的頁面。上面是這樣寫的：

請鎖定想殺的對象。若爲複數，請參閱模式2。做完以上步驟後，請釐清對方和自己的關係。」

「確認對象

我將目光從書本上移開，接著腦中浮現矢口育美那妖豔的面容。

育美是我女子大學時代的朋友。現在想想還眞蠢，我以前當她是我的好朋友；但她卻只是把我當作利用的對象。這件事情，我直到現在才深刻體會到。

接著我翻開下一頁。在「殺意的概要和基本操作」上寫著：萌生殺意的過程和不可輕忽的注意事項。讀起來又臭又長，我中途就跳過了。

接下來是「格式化殺意」，上面是這樣寫的：

「格式化殺意

長時間將殺意悶在心裡，只會讓心中徒增怨恨，甚至弄不清當初爲何會產生殺意。這時先回想一下自己爲何心中會產生殺意，整理一下心情吧。」

還眞被說中了！最近每當我回想起育美的行爲，便讓我對她更加怨恨，到後來都忘了自己究竟最恨她哪一點。

好，來試著格式化殺意吧。我讓自己馳騁在過去的回憶裡。

起因是緒方洋一這個人。

我和洋一在同一間公司上班，也曾屬於相同部門。我倆因此走得越來越近，最後成爲男女朋友。我們不曾仔細討論過將來的事，但我想跟他結婚，而他也應該跟我抱持著同樣的想法。辦公室的同事個個都知道我倆的關係，甚至還常有人問我們：「什麼時候要結婚？」

我唯一做錯的，就是把他介紹給育美這個女人。

那一夜，當我和育美一同小酌時，她突然叫我把男朋友介紹給她認識，而且還要我馬上約他出來。我本來不想打擾他，但育美的下句話卻改變了我的想法。

「如果他眞的愛妳的話，應該不論何時都會飛奔而來才對呀。」

她想說的，說穿了就是：如果他不能隨傳隨到，那表示他根本不在乎妳。我一下子氣不過，便脫口說出：「那我打個電話約約看。」

電話打過去後，他非但沒有生氣，甚至還很高興。三十分鐘後，當他出現在我們面前，我不禁對育美產生一股勝利的快感。

然而，我錯了，我早該想到育美從學生時代，便是個看上的男人絕不放手的女人。我早該小心她，當她在洋一離席時，在我耳邊輕聲說著：「眞是個好男人，我好羨慕妳喔。」時，我早該注意到事有蹊蹺。我不只渾然不覺，還被她的話弄得飄飄欲仙，大嘴巴地大談洋一的優點，甚至還告訴她洋一家很有錢。

洋一是個很溫柔的人，這是他的優點，同時也是缺點。這點我早該嚴加注意才對！當個嫉妒心重的女人又如何呢？當育美跟他說：「下次教我打高爾夫球嘛。」時，我應該從旁插嘴：「要找我一起去才行唷。」才對的！然而，我卻沒有這麼做。我沉浸在優越感裡，甚至大方說出：「那我就將超完美男友借給妳吧！」這種話，完全沒注意到育美正在心中盤算著要如何吃了他。我怎麼會這麼笨呢？

大約一個月後，我們的戀情產生了變化。洋一的態度開始變得極不自然，在我面前總是很不自在。而在我將他介紹給育美之後的第三個月，他戰戰兢兢地對我提出了分手，殺得我措手不及。

在我的逼問之下，他承認自己和育美確實有一腿。他說她約了自己好幾次去打高爾夫，在兩個人一起打球的過程中，他就不自覺迷上育美了。我才不相信洋一說的話。不是他迷上育美，鐵定是育美勾引他的。

我哭著跑去向育美抗議，而她竟一臉為難地說：

「我知道這樣做對妳很不好意思，但既然他已經選擇了我，說再多也於事無補吧？巴著一個心已經不在妳身上的人，是不可能獲得幸福的。」

聽到這番話，我頓時失去理智、歇斯底里起來。育美見狀後一改態度，正言厲色地說：

「妳沒資格獨佔他吧？妳又不是他老婆。」

爲了讓洋一回心轉意，我做了各式各樣的努力；然而，不知是不是育美暗地裡從中作梗的關係，他絲毫沒有透露想回頭的意思。

我和他關係決裂的事，連公司內都傳得人盡皆知。每個人都只是以看熱鬧的心態憐憫我、投以好奇的眼光。露骨出言安慰我的人，就只有那個身爲老鳥的老處女。誰希罕那個醜女的安慰？還說什麼「我們一起尋找好男人吧！」

接下來要說的，就是前幾天的人事異動了。

很意外地，我被調到別的部門了。那個部門既土氣又不起眼，做的全是些無關緊要的差事，而員工也大都是年屆退休的男性職員。

爲什麼上頭會把我調到那個部門，大家心知肚明。我們公司有個不成文規定，那就是當同公司的職員結婚時，女方必須調到別的部門，而戀情告吹時也同樣比照辦理。

我很喜歡至今所待的部門。雖然工作內容只是男性職員的助理，沒有機會主持企畫案、和客戶談生意，但工作時總是沐浴在春風得意的氛圍裡。我們有時會前往名人經常出現的場所，有時則擔任接待。大家都忙著討我歡心，因爲我是這個部門的女神。

如今呢？我卻被迫換上死板的制服，負責做些端咖啡、繕寫員工旅遊的行程表等工作。說到員工旅遊，光是想像就讓我頭皮發麻；女性參加者竟只有我一人！和一群油盡燈枯的老爺爺參加溫泉之旅，到底有什麼樂趣可言？

我決定辭掉這份乏味的工作，因此這陣子常常閱覽轉行情報誌。然而現在經濟這麼不景氣，根本找不到什麼條件好的公司。我也曾想過要硬著頭皮去風化場所上班，但萬一被熟人撞見，不知他們背地裡會怎麼說我。不要，我絕對不要成爲別人的笑柄！

啊，爲什麼我非淪落至此不可呢？這一切都是育美害的！都是那個狐狸精搶走我的洋一，霉運才會一口氣找上我的！都是那個女人的錯！像她那種人，死了算了！

本已稍稍淡去的憎恨，這下子又甦醒過來，在心中變得十分鮮明。我想現在就殺了育美，我已經無法再多忍一秒鐘了。

我闔上書本站起身，在狹小的房間中來回踱步。該如何殺了育美呢？現在我腦中只容得下思考這件事。

隔天，我在公司的午休時間到附近的大賣場買了菜刀。想當然耳，我做了換衣服、戴眼鏡、改變髮型等諸如此類的變裝。

一到夜晚，我隨即前往育美的住處附近，躲在她那棟公寓旁邊套上黑色運動外套，用意是爲了藏匿在黑暗中，以及避免染上噴灑出來的血液。套好外套後，我便躲到停車場的車輛陰影中。育美每星期都會在這一天去上英語會話課，而且還大搖大擺地開車去。現在差不多是她回來的時間了。

耳邊傳來了引擎聲，一輛紅色的車子開進停車場。是育美的車。她倒車入庫了。引擎聲停了下來。我握緊菜刀，掌心不斷滲出汗水。

車門應聲開啓，映入眼簾的首先是一雙套著花紋絲襪的美腿，接著則是穿著套裝的育美。她關上車門、將包包掛在肩上，踏出俐落的步子。高跟鞋的聲響，迴盪在整座停車場。

我握緊菜刀，想快速地衝上前去；但腳步卻動彈不得。笨蛋！我在幹嘛？再不快點就來不及了呀！

最後，我依然只是像個木頭人似地杵在那兒。直到確定育美的身影消失在公寓中，我才慢吞吞地站起身來。菜刀的握柄，已經濕成一片。

回到住處後，我依舊發了一陣子的呆。明明我已經下定了決心，怎麼會臨時怯場呢？眞丟人。

我又拿出了那本殺意使用說明書，因爲我昨天只讀到「格式化殺意」的部分。我看了接下來的「調整」這一段，頓覺恍然大悟。

以下就是那一段的內容。

「當您將格式化殺意，重燃當初憎恨對方的那股情緒後，請將那股情緒調整一番，依照以下步驟完成。您就不會臨時怯場，也能在犯案時勇敢面對一切。」

原來如此！早知道我就先讀這一段，也省得我遇到今天晚上那種窩囊事。書中的調整步驟如下：

「請找出適合您的殺意等級，並遵照指示行動。

等級1（只要能殺了對方，不惜同歸於盡）……………二二三頁

等級2（只要能殺了對方，不惜吃上官司）……………二四頁

等級3（不想吃上官司，但已做好付出代價的準備）…二六頁

等級4（想要輕鬆愉快地殺了對方）……………………三〇頁」

當然是等級4囉！我翻到三〇頁。讀了該頁的內容後，我受到了些微打擊。

「等級4：殺意不足，請選擇增強殺意（次頁）或是放棄犯案（一五三頁）。」

是喔——我嘆了口氣。想要輕鬆愉快地殺人，根本就是痴人說夢，天下哪有白吃的午餐？被它這麼一說，我也覺得不無道理。選等級1總行了吧？我懷著這樣的想法，翻到二三頁。

「等級1：大多爲一時衝動產生的殺意，請依照以下步驟冷靜下來。

1. 想想看，死了就一無所有了。

2. 仔細想想，萬一自己死了，對方卻存活下來呢？」

原來如此。不管多麼想殺人，也不能在失去理智的狀況下犯案……大概是這樣吧？看來我的確需要調整一下心情。

總而言之，因為我不想放棄殺人，所以翻到了三一頁的「增強殺意」。

「增強殺意

請想像如果沒有犯案，對方因此過得幸福愉快的模樣。」

如果我沒有殺了她——

育美那女人應該會過得很幸福吧？洋一的老家很富有，如果和他結婚，想必他的家人會很樂意蓋棟房子給自己的兒子和媳婦，而且肯定是棟上班族窮極一生也買不起的豪宅。而育美雖然成為家庭主婦，但家中一定會僱用一、兩個傭人，所以她什麼活兒都不用做，當然也可以辭掉工作，每天就只要負責穿上漂亮的衣裳出席宴會，或是忙著和那些同為貴婦的太太爭奇鬥豔就行了。出國旅遊自然也難不倒洋一夫妻檔；行程絕不會是夏威夷六天四夜之旅，而是環遊世界一周或是在巴黎住上一個月之類的奢華之旅。可惡，可惡！那些本來應該是屬於我的，本來應該是我得到的才對啊！都是那女人搶走了一切！這一切居然被那種笨女人搶走！被那種胸大無腦、又一無是處的女人搶走！

我接著從出國旅遊聯想到了蜜月旅行。我不知道他們會到哪裡去度蜜月，但那女人鐵定會將旅行的照片印成明信片寄給熟人，然後……一定也會寄給我！她一定會寄來向我誇耀自己的勝利！她就是那種賤到骨子裡的女人！

我想殺了她！不殺她，我難消心中這口怒氣！只要能殺了育美，就算有所犧牲也在所不惜！

一想到此，我赫然發覺自己的殺意已經到達了等級3。等級3在二六頁，於是我翻到了那一頁。

「等級3正適合犯案。請仔細閱讀管理殺意（八七頁）之後，翻到發揮殺意（九九頁）那一頁。」

好，看來調整殺意的部分已經結束了。經它這麼一說，我才發覺，我想殺死育美的念頭好像越來越強烈；而且頭腦十分冷靜，已經做好面對一切的心理準備。

我依照它的指示翻開第八十七頁，接著不自覺皺起一張臉。

「管理殺意

請將殺意切換到使用者管理模式。如果操控失效，請先提高等級，接著再於網際網路連線模式降低等級。」

這是什麼意思？爲什麼突然冒出這麼難懂的句子啊？

這本書的最後附有用語解說頁，於是我翻開查了一下。以下是關於「使用者管理模式」的說明。

「意指將殺意控制在可操控範圍內。請參照『精神操作』。」

看不大懂。我翻遍了整本書，也找不到它所提的「精神操作」那一段。

算了，管他的——我懷抱著這樣的想法繼續閱讀「管理殺意」，但看不懂的詞彙實在太多，眞讓人看不下去。反正也不是什麼重要的東西，所以我略過了。「管理殺意」那段最後寫著這樣的字句：

「維持殺意等級是非常重要的一環，請務必在確認管理項目後再行犯案。」

嗯——我就知道這一段很重要。可是頁數太多，我也沒耐心重讀一遍，所以我決定先跳到接下來的「進行殺意」這一段，等遇到問題再回頭看「管理殺意」。我先翻到第九十九頁。

「進行殺意

在確定等級已經穩定之後，請依照以下指示來進行殺意。」

1. 該如何策劃進行計畫……一一二頁

2. 選擇進行方法……一二一頁

3. 事後處理……一三〇頁

我快速瀏覽了上述每一頁。

星期五晚上，我在育美的住處附近打了通電話給她。

「我出來外面辦事，正巧到妳家附近，方便讓我現在過去一趟嗎？」

「現在已經很晚了耶。」育美毫不掩飾地語帶嫌惡。

「我只會叨擾一下，馬上就會走。那就這麼說定囉！」我搶在育美開口前掛斷電話。

一到育美的住處，她馬上擺出一副冷漠的表情。

「我明天一早就要出門耶。」

「唉呀，這樣啊？是跟洋一約會嗎？」

育美沒有吭聲。我脫下鞋子走進她家，發現玄關放著黑色的高跟鞋。洋一就是喜歡這種鞋，我也因此買了一雙。

「我買了瓶葡萄酒，能不能麻煩妳準備杯子？」我亮出白葡萄酒的瓶子。

「我現在不大想喝酒。」

「別這麼說，陪我一下嘛。」

育美勉爲其難地拿出兩個葡萄酒杯。我拔掉酒塞，將酒倒入彼此的杯中。

「爲育美和洋一乾杯。」我拿起酒杯。

「妳在挖苦我啊？」育美直直地瞅著我。

「怎麼會呢？我是眞心祝福你們，心中早就沒有疙瘩了。」

「那就好。」育美舔吮般地喝下白葡萄酒。

默默地啜飲一陣之後，育美離席了。我等待的就是這一刻！我將藏在包包中的白色毒藥倒入她的杯中。它的毒性強烈，喝下過了數分鐘便能致死。下完毒後，我再度若無其事地繼續喝酒。

育美回來了，手中還拿著一個小箱子。

「我有個東西想交給妳。很早以前我就想交給妳了，但一直拖到現在……」

「什麼東西？」我一邊想著「快喝下那杯酒！」一邊問道。

「別問了，快打開來看吧。」

我一面留意著她面前的酒杯，打開她遞給我的箱子。裡面有一個金色胸針，形狀類似中世紀騎士所拿的劍。

「它叫做『友情之劍』。」她抬眼看著我說，「我覺得自己眞的很對不起妳。洋一向我求婚時，我煩惱了好久，因爲我不想失去和妳之間的友情。」

哼！妳在說什麼鬼話？我想。妳以爲這種話可以騙過我嗎？

育美低頭道歉。「可是，到頭來我還是戰勝不了對他的思念……對不起。」

「妳根本不需要道歉呀。」我說，「我又不是他老婆，沒資格獨佔他——這話不是妳自己說的嗎？」

「我覺得自己說了不該說的話。」育美垂下頭，接著再度抬起臉來。「但是請相信我，那不是我的眞心話。我之所以會那麼說，是爲了親手爲我們的友情畫下句點……因爲我覺得這樣對我們彼此都好。可是，我還是不想失去妳！所以我才買了這個，想交給妳……我知道自己很自私……」

看到育美流下淚水，我不禁大吃一驚。我從學生時代起就看過好幾次她哭泣的模樣，但那些多半是假哭，從未真正流出淚水。

「育美……」

「對不起，對不起！」她不斷地哭泣著。「求求妳原諒我……」

我在心中聽到了「我不原諒妳！」這句話，但聲音卻微乎其微；不只如此，甚至我還萌生了「那就算了吧。」的念頭。

育美將手伸向酒杯。我搶在她之前，佯裝爲了拿自己的酒杯，而不小心打翻她的酒；混有劇毒的葡萄酒，就這樣灑了一地。

回到住處後，我開始後悔了。總覺得被育美擺了一道。她從以前就很擅長假哭，該不會是現在已把假哭的技巧練得爐火純青，能夠自由操控淚水了吧？

還有那個胸針，我從帶回來後就一直盯著它瞧，看久了還眞像個便宜貨。另外……什麼友情之劍嘛，聽都沒聽過！我越想越覺得就這樣白白回來，眞是虧大了！

爲什麼我沒辦法好好發揮殺意呢？我竟然被那種程度的謊言給迷惑了，肯定是腦袋有問題。

我翻開那本使用說明書。最後有個「疑難排解」的部分，上頭記載著類似電器用品故障時該如何處理的內容。裡面有一段寫著：

「症狀　心中無法順利湧現殺意，導致中途退卻

原因　●氣勢不足（處理方式　增強氣勢）

●其實並不是眞的憎恨對方（處理方式　放棄犯案）

●沒有確實調整好（處理方式　管理殺意）」

果然啊！之前我略過的「管理殺意」，就是這次失敗的重點。儘管心中有千百個不願意，我還是重新翻開那一頁。

「……爲了防止殺意中途消失，請維持殺意的穩定。回到使用者管理模式調整等級後，請在自動模式下進行操作。屆時請留意切換模式的時機（參照五五頁）。若您想將等級記錄儲存起來，請於精神模式下操作，步驟和使用外接擴充儲存設備時相同。另外，若您想在心靈操控模式下操作，請參照模式2——」

我丟開這本書。再也看不下去。

我的心情沉到了谷底。從頭到尾我都不知道它在說什麼。如果不看懂這玩意兒，我就不能抱著殺意殺死別人嗎？

我覺得殺人對我來說太困難了。

幾個月後，我收到一張明信片。背面印的是育美和洋一在加拿大滑雪的照片——這是一張蜜月照。

看著這張照片，我心中的恨意又死灰復燃了。

王八蛋、王八蛋！妳等著瞧吧！我心中這麼想著。

然而，我心中的另一個自己卻如此呢喃道：到頭來，殺人這件事對我來說，根本就是痴人說夢。

那本使用說明書依然放在我的書櫃裡。有時我會將它抽出來瀏覽，但沒多久就會看得頭疼，於是又將它放回去。這樣的事情重複了好幾次。

至於我的殺意——

現在正躺在衣櫃中，和筆電一同覆蓋在塵埃下。

# 補償

這條只能容一輛車通過的狹窄道路兩旁，排列著兩排形狀相同的小房子。看著那同樣材料的低門柱、狹小的停車場，以及距離道路近在咫尺的玄關大門，讓人不禁懷疑裡面的居民是否也是同一戶人家。

寫有「栗林」兩字的門牌就掛在轉角數來第二戶的住家門口。房子的門外停著一輛腳踏車；之所以會停在這兒，是因為大門到玄關間的通道不夠大的關係。定睛一看，每戶人家前面都停有腳踏車，有幾戶甚至還停了兩輛。這個地區離車站很遠，腳踏車無疑是居民們的必需品。道路兩旁的腳踏車令原本就很狹窄的道路變得更加難以通行，不過由於大家都半斤八兩，所以並不會有人出聲抗議。

這裡住了這麼多戶人家，噪音會不會打擾到別人呀？想到接下來拜訪這戶人家的目的，藤井實穗不禁感到有些擔心。

按下對講機的按鈕後，疑似這戶人家女主人的女性應聲了。實穗表明了自己的身份，說是橋本先生介紹她來這兒的。沒多久，玄關門打開了。一個穿著和這棟透天厝相襯的中年婦女現出身來，但她的外表顯露出的年齡，怎麼看都和實穗預料的不符，實在不像是個育有幼子的母親。學習鋼琴固然沒有年齡限制，可是……。

實穗低頭行禮，從包包中取出名片。「幸會，敝姓藤井。」

對方瞥了名片一眼，接著從頭到腳打量實穗一遍，這才慢條斯理地開口道：「請進。」

「打擾了。」

實穗往屋內走去，一邊感受到一股異樣感。從事這一行已經好幾年了，每戶人家無不在實穗首次造訪那天隆重款待她，然而這個家的女主人卻一副愛理不理的模樣，彷彿不歡迎實穗來訪。這到底是怎麼回事？她想。

女主人帶著實穗來到三張榻榻米大的和室。排放在牆邊的組合家具中塞滿了書本和生活用品，顯示出目前的會客空間是臨時清理出來的，連電視遊樂器都還依然連接在電視上。

女主人離去後，不一會兒便傳來下樓的聲響。實穗猜想來者應該是小孩。不知道他幾歲了，是男孩還是女孩？

然而，拉開紙門現身的，卻是一名頭髮稀疏的中年男子。實穗推測他大概是方才那名女主人的丈夫——也就是這個家的戶長。

「嗨，您好。」男子表情略顯僵硬地面對實穗坐下。他拿著兩張名片，其中一張是方才實穗遞給女主人的。男子將另一張名片放在矮飯桌上，說道：「謝謝您專程遠道而來，敝姓栗林。」

名片上印著某家電器廠商的商標。栗林的職位是照明設備設計課長。

實穗想著「拿到家長的名片也沒什麼用處」，邊將它收入包包。

「今天您是從府上過來的嗎？」

「是的。」

「花了多少時間？」

「大約三十分鐘吧。」

「三十分鐘……噢，我懂了。呃……也就是說，您方便來這裡教學囉？」

「是的，沒問題。我之前還到過更遠的地方呢。」

「這樣啊，那眞是太好了。」栗林鬆了口氣。

「請問……」實穗猶豫了一會兒後，開口問道，「請問貴子弟現在在哪裡呢？」

「小孩子啊？呃……上哪兒去啦？大概是補習班吧？」栗林摸著頭看向紙門。

「今年貴庚？」

「年齡喔？讓您見笑了，我今年正好五十歲。」

「不，呃……我不是問您的年齡，而是問貴子弟的……」

「咦？喔，您問的是小孩子的年齡啊？都上了國三了，應該是幾歲呀？十五吧？記這個眞是麻煩死了。」他僵硬地笑了。

實穗覺得訝異，已經升上國三，那不就應該準備高中升學考了？

「這樣子方便兼顧課業嗎？」

「啊？」栗林張著嘴問道。

「在這麼重要的時刻學鋼琴，不會妨礙準備高中升學考嗎？」

經實穗這麼一問，栗林不禁張大嘴巴，接著開始莫名地坐立難安起來。

「呃……橋本老弟是怎麼跟您說的？」

「怎麼說……他告訴我貴府的子弟想要學鋼琴，因此正在找鋼琴老師……」

橋本是實穗目前的鋼琴家教女學生的父親，而栗林則是他的上司。

「噢……」栗林搔搔微禿的頭，咕噥著，「我只告訴他想找鋼琴老師……」

「請問……有什麼問題嗎？」

「不，呃……我不知道這算不算是個問題，只是……細節有些不同。」

「怎麼說呢？」

「就是呢……想學鋼琴的不是我女兒，而是……呃……」栗林乾咳了幾聲，挺直腰桿看著她說：「是我。」

「咦？」

看到實穗目瞪口呆的模樣，栗林頓時洩氣不已。落寞地嘿嘿嘿乾笑幾聲後，他開口問：「我就知道這樣很奇怪。您也這麼認爲嗎？」

「不、呃、是不……奇怪，只是和我聽到的……呃……不一樣。」實穗想要擠出笑容，但她很清楚自己笑得一定很尷尬。

「也難怪您覺得奇怪。」栗林摩挲著雙手。「都一把年紀了，還妄想學鋼琴。」

「您以前彈過鋼琴嗎？」

實穗心想這樣倒不難理解他的動機，但他搖了搖頭，「完全沒彈過。別說彈鋼琴了，我連口琴都沒吹過。」

「那爲什麼突然……」

「這個嘛，嗯……就是這麼一回事囉。我只是突然想學鋼琴而已。」

「這……」

「不好意思，這件事能幫我保密，不要告訴橋本老弟嗎？既然他以爲是我女兒想學，那就當做是這樣吧。」

「啊、好的，我知道了。」

「呃，那麼……」栗林討好似地看向她，「像我這樣的中年人……不能學嗎？」

實穗趕忙搖頭，「不，沒這回事，倒不如說這是好事一樁。我認爲年長的朋友也應該勇於挑戰新事物。」

「那麼，您願意接受這份工作囉？」

「是的，當然。」實穗點頭稱是。從前音樂大學的夥伴曾經告訴過她，上了年紀才想學鋼琴的人，只要想學的意念越強烈，便越比小孩好教。何況他的目標也不是當鋼琴家，教他不會有什麼壓力。

「這樣啊。眞慶幸您願意接這份工作，這下子我就放心了。」栗林迄今的僵硬表情已經消失，看來他方才只是擔心實穗拒絕受聘。

「請問……要在哪裡上課呢？」

「喔、這個啊。我帶您去，在二樓。」

走上狹窄的樓梯一看，有一扇門和一面拉門。二樓有兩間房。栗林拉開了拉門。

「就是這兒。」栗林略顯羞赧地說道。

那是間四張半榻榻米大的和室。兩個五斗櫃並列在同一道牆邊，一架直立式鋼琴就擺在它們的正對面。在這個狹小的房間裡，它看起來宛如一座巨石。實穗環視這間房，心想，原來鋼琴是這麼巨大的東西啊？

「我女兒的房間也很擠，所以只能放在這兒。我是把它從那扇窗搬進來的，眞是折騰死我了。」栗林撫摸著鋼琴光澤的表面說道。

「這鋼琴是最近買的嗎？」實穗問。

「是啊，上星期買的。」栗林爽快地回答。也就是說，他是爲了學習鋼琴才買的。實穗現在還不能確定，這件事究竟是代表他想學鋼琴的心意堅不可摧，或只是顯示出他行事衝動。

「呃，那麼……您方便什麼時候開始上課呢？現在馬上就開始也沒問題喔。」栗林搓著手問。

他這股積極的氣勢，壓得實穗有些手足無措。

「今天我還有事，下星期開始如何？聽說您星期一比較有空，不如就將上課時間定爲每星期一的八點到九點吧。」

「噢……」不知怎的，栗林顯出一臉悶悶不樂的模樣。他搔了搔頭，迫不及待地對實穗喚了聲「老師」，「能不能增加上課次數？」

「增加上課次數？那麼一星期兩次如何？」

「不，我希望再多一些。」

「一星期三次？」

「不，呃……可以麻煩您每天都來上課嗎？」

「每天？」實穗睜大雙眼，不自覺挺直背脊。「每天，呃……您是說『每天』嗎？」

「我說的是星期一到星期日，每天。另外，只上八點到九點這一個小時實在太短了，我希望時間能夠再長一些，不知老師方不方便？例如六點到九點、七點到十點之類……當然，我一定會配合老師您的時間。」

「等、等、請等一下！」實穗對栗林伸出雙手。「我十分了解栗林先生您有旺盛的學習心，但學鋼琴並不是只要增加上課次數，就可以讓琴技突飛猛進，而是必須將重點放在栗林先生，您在每堂課之間花了多少心思練習。」

「我當然是打算盡全力練習囉。」栗林的語氣顯得興致勃勃。

「我想也是。但是呢，從現實面來考量，光是練習個一天是不可能兩三下就解決每一階段的習題的。即使辦到了，若沒有眞正融會貫通，也沒有任何意義。」

「這樣啊。」栗林露出無精打采的表情。

「您不需要這麼著急，我建議您只要按部就班地慢慢學習就行了。這麼說或許不太恰當，畢竟您學鋼琴又不是爲了當鋼琴家。」

實穗話才說完，栗林的眼中便流露出些許不滿，看來他沒料到實穗會這麼說。不過，栗林依然微微點頭，低聲說道：「我明白了。」

一番討論之後，他們決定每星期一和四各上一小時的課程。實穗認爲兩堂課依然稍嫌太多，但栗林不肯讓步。

當實穗踏出房門外，一名少女旋即奔上樓梯。她是栗林那正值國三的女兒，生著一張和母親如出一轍的圓臉。她注意到實穗的存在，於是在樓梯上急忙止步，一臉驚慌的神色。

「這位是鋼琴老師。」栗林向女兒介紹實穗，接著對實穗說，「這是我女兒由佳。」

「妳好。」實穗微微一笑，然而由佳只是輕輕點個頭便迅速回房。

「搞什麼，連個招呼都不打？老師，眞不好意思。她只有長身體卻沒有長年齡，內心還是個小鬼頭。」栗林滿臉歉意地說道。

不過，由佳的母親也一樣不愛打招呼。就連實穗在玄關穿鞋時，她也不願意走出廚房一步。由於廚房傳出了流水聲，所以她肯定是在裡面。

實穗懷抱著一股面對未來的不安，離開栗林家。

隔週的星期一，實穗依約造訪栗林家。栗林一臉和藹地迎接實穗，而他的妻子則沒有露面。

開始上課前，實穗為了測試栗林的音樂底子，而問了他幾個問題，得到的結果比她想像中還爛。他對音樂幾乎一無所知，什麼都不會，甚至連音符都看不懂！他能答得出來的，頂多只有：「G譜號(*1)就是那個吧？那個長得像蝸牛的符號——可是我不懂它的含意耶。」

「您以前應該上過音樂課吧？」實穗問這句話並非想揶揄他，而是眞的覺得不可思議。

栗林摸摸微禿的頭，苦笑了幾聲。

「當然上過，但因爲我認爲音樂和自己無緣，所以從未認眞聽課。」他說完後嘆了口氣，感慨良多地繼續說道，「早知如此，當初我就會用心學音樂了。」

「早知如此？」這句話讓實穗覺得事有蹊蹺。

「不，沒什麼。我只是覺得很後悔而已啦。」他急忙蒙混過去。

了解栗林的音樂底子後，實穗拿出準備好的教材。該書的名稱叫做《快樂學鋼琴》，是一本以四歲到學齡前兒童爲對象製作的教科書。

「或許您會覺得這麼做很愚蠢，但不管學習什麼，最重要的都是基礎。只要是剛開始接觸鋼琴的人，不論大人小孩都應一視同仁。」實穗猜想栗林看到幼童用教科書後可能會面露難色，於是先發制人地解釋了一番。然而，實穗或許多慮了。栗林大大地點了個頭，說道：

「嗯，您說得一點都沒錯——事實上我正希望您這麼做呢！」說完後，他喜孜孜地翻開了《快樂學鋼琴》這本書。

第一天的課程僅侷限在單指觸鍵練習。雖然會偶爾換指或改變節奏，它依然是項單調的練習。不過栗林並沒有流露出一絲不滿，只是默默地遵照實穗的指示挪動手指。光是接觸鋼琴，就讓他顯得不亦樂乎。

實穗望著他的側臉，心想，他若是能永保這份樂在彈琴的心情就好了。

不過，隨著上課次數的增加，她也不得不承認自己根本是在杞人憂天。栗林對鋼琴的熱情絲毫未減。從他飛快的進步速度來看，就能顯示出栗林平常的練習量超乎常人。栗林並非

*1 又名高音譜號，記載較高音域的音。

擁有過人的鋼琴天賦，倒不如說他既笨拙、記性又差，但他總能在實穗上課前，確實完成她之前交待的功課。

某天，實穗離開栗林家後想起有東西忘在練琴房，於是折返了回去。鋼琴課才剛結束，但栗林家的二樓卻傳出了鋼琴聲。實穗抬頭一看，窗簾上的人影正緩緩地晃動著。

星期二是實穗造訪栗林家鋼琴家教介紹人橋本先生家的日子。實穗從五年前音大畢業後，便一直在教橋本家的女兒鋼琴，今年她已經升上小學六年級了。這個女孩天賦異稟，進步得也很快，橋本夫婦說全多虧實穗教導有方。

某天晚上，當實穗準備回家時，橋本叫住了她。

「栗林先生那兒如何？您還在那裡教嗎？」

「是的，當然。」從教導栗林鋼琴那天起，已經過了兩個月。「我一星期會去上兩次課。」

「兩次？眞不得了。呃……栗林家的女兒今年幾歲？」

「這，嗯……學鋼琴的不是栗林家的千金。」

「啊、不是女孩子啊？可是我記得栗林家只有一個獨生女……」

「是的。我的意思是……」實穗想起栗林曾叫自己保守祕密。「我所教的是栗林家親戚的女兒。」

「啊，是這樣啊。原來不是栗林家的千金啊。這樣啊，嗯嗯，這樣我就懂了。」橋本一副恍然大悟的模樣。

「您……懂了？」

「是啊！當栗林先生叫我幫他介紹鋼琴老師時，我就覺得奇怪，因爲那個人一點都不像是會讓子女學鋼琴的人嘛。」

「爲什麼呢？」

「爲什麼？因爲他這個人對音樂毫無興趣啊！不只音樂，所有的藝術都被他嗤之以鼻。他老是說：『這世上少了這些東西也不會怎樣，聽音樂、看畫又不能塡飽肚子！』呢！」

「咦——」這眞是太教人意外了。橋本的這席話和實穗印象中的栗林大相逕庭，讓人難以相信這是同一個人。「他說過自己是個無趣的人……」

「豈止無趣啊！職棒也好，運動也好，他全都不關心，對時尙也完全沒興趣。這些話請您不要說出去喔，他這人可是誇張到讓人跟他獨處時，不知該說什麼才好呢！您說該怎麼辦？到頭來只能跟他談工作啦！」

「你的意思是說，他是個熱愛工作的人？」

「您要這麼說也行，但栗林先生卻因爲這種個性，搞得連在職場也失利。下屬對他敬而遠之也就算了，被上頭當成一個乏味的人，可是大忌啊——有些人不會工作只會打高爾夫，就能升上部長，但他卻……」

「原來是這樣啊。」

實穗想起栗林後悔自己不曾認眞學過音樂這件事。也許他察覺到自己的無趣是項缺點，才突然決定學彈鋼琴吧。

若眞是如此，他在公司的舉止想必也和以前有所不同。想到這裡，實穗開口問：「栗林先生最近看起來怎麼樣？還是滿腦子只想著工作嗎？」

橋本沒有說出實穗想聽的答案。「這個嘛……還是老樣子。不，我甚至覺得他現在更變本加厲了。像今天啊，他竟然在午休時工作，我想他一定也把工作帶回家做了。」

實穗邊聽著橋本這席話，邊想著：若是他知道栗林在家中做些什麼，會露出什麼樣的表情呢？

鋼琴課上滿三個月後，栗林對實穗提到了鋼琴發表會。

一開始，他談論的是橋本家的女兒。栗林詢問實穗，她是不是眞的要在一年一度的發表會上演奏？

「說是發表會，規模其實也不大。主辦者是我的老師，這只是熟人間的小型發表會罷了。」

「可是……小歸小，還是會在眾人面前演奏吧？有觀眾吧？」

「是啊，算是吧。可是觀眾幾乎都是家長喔。」

「噢……」栗林在琴鍵前雙手抱胸、眉頭深鎖，似乎在思索著什麼。

「請問……怎麼了嗎？」實穗問道。

半晌之後，栗林抬起頭來，直直地凝視實穗。「老師，可以讓我也出席那場發表會嗎？」

「咦？」實穗睜大雙眼。「出席……你……是指演奏嗎？」

「是的。我想在舞臺上演奏，讓大家聽聽我的琴聲。」

栗林的眼神非常認真，顯示出他絕不是隨口說說。

「可是……那場演奏會的演奏者幾乎都是小朋友，頂多只有兩、三個音大學生……」

「但是，沒有人說我不能參加吧？」

「這……是這樣沒錯……」

「這次的發表會是什麼時候？」

「呃……我想應該是十月九日，星期六。」

「十月九日啊。」栗林盯著貼在牆上的日曆。今天是七月一日。他再度轉向實穗，眼中帶有一些血絲。「老師！」他突地大吼一聲，低下頭來。「求求您！請讓我出席十月的發表會！」

栗林駭人的氣勢，逼得實穗不自覺往後退去。

「可是……請恕我直言，栗林先生還不到足以在發表會上演奏的水準……呃，當然《踩到貓尾巴》（*2）這類的曲子或許你還演奏得來，但演奏會上不能演奏這樣的曲子吧？還是要演奏適合場合的曲目……」

「我會努力的！我會練習，拚了命練習！請務必讓我參加發表會，拜託您！」栗林乾脆從椅子跪到地上。「如果來不及準備，我願意演奏《踩到貓尾巴》！請老師允許我上臺！」

他開始以額頭猛力撞向榻榻米。

實穗慌了。

「別這樣，請你把頭抬起來！」

「意思是說，您願意答應我的請求了？」

實穗嘆了口氣，直直瞅著他微禿的頭頂。「可以告訴我爲什麼嗎？你這麼堅持想上臺，想必有什麼原因吧？」

栗林的額頭依然緊貼著榻榻米，默不吭聲。半晌之後，他才靜靜地說道：「我想要補償。」

「補償？」
「是的。長久以來，我踐踏了某個男人的心意，而我現在想補償他。對不起，我目前只能說到這兒。」
「栗林先生……」
他依舊跪在地上，宛如岩石般動也不動。實穗看著這樣的他，不禁感覺到胸口萌生一股悸動。但那絕不是不祥的預感。
「我明白了。」她說，「我會想辦法的。」
「這樣啊！」栗林抬起頭來，眼睛爲之一亮。「謝謝老師！謝謝老師！」說完後，他再度頻頻點頭道謝。
看著這樣的他，實穗想起了橋本說過的話。他這副模樣，怎麼看都不像是滿腦子只想著工作的人。
實穗選了巴哈的《小步舞曲》(*3)作爲栗林的演奏曲。這首曲子栗林應該聽過，而且也適合成年男性彈奏，不會讓舞臺上的他顯得格格不入。

*2 鋼琴初學者的必學曲之一。
*3 *minuet*，源於法國的三拍子舞曲，後來傳入宮廷；因爲速度不快，可以在跳舞時表現各種禮儀。

該煩惱的是時間。

以學習這首歌的期限來說，三個月的時間相當緊湊，很難預料栗林是否能順利學會。

栗林彈奏鋼琴比以前來得更認眞了。當他敲動琴鍵時，臉上那駭人的氣勢絕非裝腔作勢，而是眞的灌注了全部心力。爲了回應他的認眞，實穗也一直叮囑自己要多加充實教學內容。

某天，實穗一如往常地造訪栗林家，栗林太太居然很難得地在玄關現身。自從實穗首次造訪這個家以來，她們兩人就沒有再見過面。

「公司出了些問題需要解決，所以他剛才出門了。今天的鋼琴課他想取消，難得您遠道前來，眞不好意思。」栗林太太淡淡地說著，看不出絲毫愧疚。

「這樣啊，那就沒辦法了。那麼，我下次再來。」

實穗道了聲告辭，正想轉過身去時——「啊，等一等。」栗林太太突然叫住了她。

「我有些話想對您說，不知方不方便？」

「嗯，請說。」實穗點了點頭，心中浮現一股不祥的預感。

她們兩人在一樓的和室面對面坐下。栗林太太猶豫了一會兒，接著一鼓作氣地開口道：

「外子說他要出席發表會，這是眞的嗎？」

「是的，這是眞的。」實穗回答，「怎麼了嗎？」

「果然。」栗林太太鎖起眉頭撇了撇嘴，接著瞅著實穗說，「能不能請老師叫他不要參加那種發表會？」

實穗吃驚地看著她，「爲什麼不讓他參加呢？」

「因爲……很丟人耶。」她板起臉來。

「丟人？這確實是一件相當需要勇氣的行爲，但說到丟人就……」

實穗才說到一半，栗林太太便搖起頭來。

「妳懂什麼啊？他在我們這附近已經成爲笑柄了耶！聽到鋼琴聲，大家還以爲是我女兒在練琴，想不到竟然是我丈夫。就連我上街購物，別人也會過來跟我說：『您先生眞有閒情逸致啊』。」

「我想這句話應該沒有挖苦的意思……」

「當然有啊！不是挖苦是什麼？年紀都一大把了還彈鋼琴……這也就算了，還想出席發表會……要是被鎮上的人知道，我們肯定會淪爲一個大笑話。」

「被取笑又如何呢？您的先生也有權利享受嗜好啊。」

「想要培養嗜好，怎麼不去下圍棋，或是將棋（*4）？」栗林太太橫眉怒目地說道。

*4 一種日本獨有的棋盤遊戲。

實穗嘆了口氣。事已至此，她覺得多說也是無益。

「總之，恕我無法答應您的要求，我會一如往常地支持栗林先生。」實穗留下擺著張撲克臉的栗林太太，想要離開和室；當她拉開紙門，突然想起一件事，於是趕緊回頭問：「栗林先生之所以告訴您發表會的事情，是想要您和令嫒前來觀賞吧？」

栗林太太先是吃了一驚，接著才搖搖頭說：「怎麼可能……」

「不，我想一定是這樣的。栗林太太，請您務必和令嬡前來觀賞，時間是十月九日，地點在市民活動中心。」

「這怎麼行！」她尖聲說著，太陽穴微微顫抖。「誰要去那種地方？難、難看死了，丟死人了！」她激動得身軀微微顫動。

實穗輕輕搖搖頭，說了聲告辭後，走出門外。

離開栗林家後，她直接走向車站。栗林太太弄得實穗心煩氣躁，於是她不禁加快腳步，以至於中途沒有馬上察覺朝著她走來的女孩。女孩一見到她便戛然止步，直到那女孩低頭行禮，實穗才猛然回神。她鬆了口氣，原來對方是栗林的女兒由佳。她穿著一身便服，想必是剛從補習班回來的緣故吧。

「晚安，這麼晚才回來呀？」實穗向她打招呼。

由佳微微點了個頭，正想繼續跨步離去。「等等！」實穗旋即叫住她。「想不想談一談？我們來聊聊令尊吧。」

由佳猶豫了一下。她看看手錶又看看家的方向，終於點頭答應。

她們兩人走進附近了一家漢堡店。實穗問由佳對於自己的父親開始學琴有什麼感想，希望她老實說。

「我爸只要一開始彈琴，我媽就會發神經，所以我覺得很煩。」由佳站著面向牆邊的吧檯，邊吃邊說。

「妳呢？妳不喜歡令尊彈鋼琴嗎？」

「不會啊，他喜歡彈就彈嘛。況且他至今都是個無趣的工作狂，學鋼琴應該會讓他稍微像樣一點。」

「這樣啊。」實穗放下心來。看來，由佳似乎可以體諒栗林先生。

「可是……」由佳補充說道：「有時他會變得很詭異。」

「詭異？」

「他好像變了個人似的。以前他很囉唆，只要一見到我，就會叫我唸書唸書，但……最近他不只對唸書隻字不提，還會叫我趁現在做一些只有年輕人才能做的事呢。」

「是學了鋼琴後，才變成這樣的嗎？」實穗問。

由佳搖搖頭。

「他是在學鋼琴前就改變了。」

「喔？」實穗喝著淡咖啡。「他的心境是不是產生了什麼變化？」

由佳雙肘拄著吧檯。「我在想，他是不是腦袋壞了？」

「咦？」實穗驚訝地瞅向由佳的側臉，因爲她的語氣聽起來不像是在開玩笑。

「前陣子我半夜起來想上廁所，竟看到我爸對著洗臉臺的鏡子喃喃自語呢！我覺得有點害怕，所以最後沒上成廁所。」

「這……」這席話確實讓人感到毛骨悚然，但並非沒有道理可循。「他只是自言自語嘛，沒有必要害怕呀。」

然而由佳並沒有理會實穗的話，只說：「以前我爸曾經腦部開過刀。」

「咦……」

「他好像在小時候動過大手術吧？差不多半年前起，我爸偶爾會上醫院。我媽並不知道這件事，但我不小心看到了掛號證，所以知道這件事。」

「這兩件事沒有關係吧？是妳多心了！」實穗說。她的音量極大，有一半原因是想掩飾自己聽了由佳的話後，背脊發寒的事實。

「那就好。」由佳異常冷靜地說道。

夏天結束後，栗林依然拚命地練習鋼琴。他這首《小步舞曲》雖然彈得不算流暢，但已經越來越有模有樣。

「能走到這一步，全多虧老師教導有方。眞的非常謝謝您。」某晚的鋼琴課結束後，栗林感慨良多地說道。

「這是你自己努力的成果。老實說，我沒想到你可以進步到這個地步。」實穗的話不像是場面話。

「謝謝您。」栗林低下頭來道謝。

「不瞞您說，我已經選好出席發表會的服裝了。」

「服裝？」

「是用租的就是了。我看到有一套合身的燕尾服，於是就預約了。穿起來不知道好不好看，但畢竟……呃……這是我的大日子嘛。」栗林笑容滿面地說著，直到注意到實穗愕然的表情，才不安地問：「很奇怪嗎？」

實穗搖了搖手。「不，一點也不奇怪。我想一定會很好看的。」

「這樣啊？我還眞有點害羞呢！」栗林搔了搔頭。

「請問……尊夫人和令嬡會不會來觀賞發表會？」

經實穗這一問，至今開朗的笑容頓時化爲苦笑，他搖了搖頭。

「算了，我不在意。我的確希望她們能來，但假如她們不想來也沒關係。而且這是我個人的問題。」

「你說是爲了補償某人……」

「對，是爲了補償。」他深深地點了個頭，像是在確認自己的想法。

「那位您補償的對象，那位男子，他會來觀賞發表會嗎？」

「您說我補償的對象嗎？是的，他當然會來。若他不來就沒意思了。」說完後，他再度點了個頭。

十月九日這天天空烏雲密佈，隨時都有可能下雨。或許是因爲這個緣故，前來觀賞發表會的人數比往年還多。平時觀眾都是演奏者的母親，但今天有許多家庭的父親也來了；大概是考量到天氣不穩定，所以做父親的就這麼被趕出來當司機了。

橋本出現的原因也是如此。迄今不曾在發表會露過臉的他，今天卻出現了，而且還在休息室不斷地鼓勵女兒。

「妳聽好，千萬不能怯場喔！只要發揮妳的實力就好，不必急著想彈得比平常還出色！」

但女兒早已習慣這種大場面，因此只是敷衍地回答：「我知道啦！好了，爸爸你快去位子上坐好！」

正當橋本想走出休息室時，栗林走了進來。橋本一時之間沒注意到他，直到他走到走廊，這才突然回過頭來，雙眼圓睜。

「栗、栗林課長，爲什麼您會在這裡？而、而且……」他口沫橫飛地問道，「這身打扮究竟是……？」

栗林一臉尷尬。「呃，沒有啦！我是有苦衷的……」

「苦衷……」

「您到時就知道了。」實穗出來打圓場，「請回座瀏覽節目表。看了您就知道。」

「咦？節目表？呃……放哪去了？」橋本邊摸索西裝口袋，邊走出門外。

實穗認眞地看著栗林。「終於來到這一天了，請您加油！」

「遇到這種大日子，果然免不了會緊張！哈哈哈，總覺得我會出師不利。」

「放心吧，你可是爲此苦練了一番呢！」

「希望如此囉。」

話才剛說完，兩人便聽到休息室的敲門聲。一名白髮的消瘦男士探出頭來，臉上戴著金框眼鏡。「請問栗林先生是不是在這裡……」他說。

「眞鍋醫生！」栗林出聲叫道。

「嗨，你好。」這名姓眞鍋的男士瞇起眼來。

「失陪一下。」栗林對實穗說完這句話，便離開了休息室。

實穗站在門邊窺探外面的狀況。她看見栗林和眞鍋在走廊上談著事情。姓眞鍋的男士呵呵地笑著，而栗林則頻頻點頭行禮。

沒多久，發表會開始了。發表會的慣例是由初學鋼琴的幼童開始演奏，而栗林的出場順序被排在第四位。

實穗一走到觀眾席，便瞧見那名姓眞鍋的男士坐在最靠角落的位子。她邊向其他家長打招呼邊走近男士，當她坐到那名男士的隔壁，他微微吃了一驚。

實穗說自己是栗林的鋼琴教師，男士聽了後表情才和緩下來。

「這樣啊，原來您是……想必教得很辛苦吧？」

「不好意思，請問您和栗林先生的關係是……」她開門見山地問。

男士思考了一會兒，接著問道：「他對您說了什麼關於我的事嗎？」

「不，沒有。但是……」實穗說。「他說他必須補償某個人，而那個人今天也會來，因此我猜想會不會就是您……」

他連眨幾次眼，接著說：「不，那個人不是我。」說完後從口袋中取出一張名片。

上面寫著「統和醫科大學第九教室教授　眞鍋浩三」。

「我的工作主要是研究大腦生理學。」他說。

「大腦……」實穗想起了由佳曾說過的話，「栗林先生患了什麼腦部疾病嗎？」

「不不不，不是這樣的。他沒病，只是和一般人有點不一樣。」

「和一般人不一樣？」

「他曾說有天想和您說個清楚，不如現在就由我來說吧。不瞞您說，他是腦部分割（*5）病患──光是這樣說，您應該聽得一頭霧水吧？您知道人類的腦分為左腦和右腦嗎？」

「知道。」

「嗯。左腦和右腦平常是靠神經的集合體聯繫在一起的，那東西叫做胼胝體（*6）。」

「胼胝體……」

「栗林先生在小學時曾受過胼胝體的切割手術。之所以接受這個手術，是因爲他患有先天的重大疾病，而切割胼胝體可以爲治療帶來莫大的效果。」

「這麼做……沒問題嗎？我是說……將左右腦的聯結切斷。」

「這種病例多得是，而大多數的患者都可以正常生活。他也不例外，至今從未出過任何問題。」

---

*5 Split-brain。

*6 corpus callosum，連接大腦的左右兩個半球，是大腦最大的白質帶。大腦兩半球間的通信多半是通過胼胝體進行的。

「至今？」

「最近他偶然看到了一本書，書中介紹了針對接受裂腦手術患者所進行的各種測試結果，主要是引用自斯佩里(*7)這名學者的報告。斯佩里靠著這項研究獲得了諾貝爾獎。」

實穗沒聽過斯佩里這個人，只能默默點頭。

「書中的某項報告讓栗林先生大吃一驚，那就是接受過裂腦手術的患者，左腦和右腦竟分別持有各自的意識。」

「咦……」實穗身子爲之一顫。「不會吧……」

「他們分析了實驗結果，只能得出這樣的結論。平常藉著說話和書寫所傳達出的當事者意志事實上是出自於左腦，其實右腦也擁有自己的意識。」

「我眞不敢相信。這種狀態下還有辦法正常生活嗎？」

「這麼說好了，一般人的身體只由單一意識掌管，但裂腦患者是由兩個半腦團隊合作掌管著身體，而且是十分優秀的團隊。」

「可是兩個意識不會有意見不合的時候嗎？」

「不致於意見不合，但多少有所不同。例如某個男性明明必須在早上七點起床，但卻熟睡不醒，結果竟有人拍打他的臉頰；當他醒來後，發現拍打自己的正是自己的左手。掌管左手的是右腦，當左腦正在睡覺時右腦還醒著，所以它才警告自己別遲到了。」

「……我眞不敢相信。」

「同樣的例子還有很多，因此某個學者便突發奇想，想要試著只掌控右腦。這件事無法透過語言辦到，因爲語言是由左腦掌控的；他使用的是類似聯想遊戲的方法——先將問題的內容影像化，接著只讓左眼迅速看過，再以左手回答。這個方法相當成功，讓人們終於得以稍稍揭開右腦意識的神祕面紗。」

眞鍋的解說簡單易懂，但實穗實在無法從他的話中感受到眞實性，只好呆呆地望著他的嘴。

「栗林先生看了這本書後，了解到自己的右腦可能擁有獨自的意識，於是開始坐立難安——不，正確說來，是他的左腦覺得坐立難安。他想見作者一面，所以就來找我——因爲我就是作者。」

「喔，所以才……」

「栗林先生對我說，他想接觸自己的右腦，尤其想知道右腦對自己迄今的人生有著什麼樣的看法。我說沒辦法問這麼複雜的問題，接著他就說：『那麼，我想知道右腦想從事什麼

*7 Roger Wolcott Sperry，美國神經生理學家，出生於康乃狄克州。由於對大腦半球研究的貢獻，而獲得一九八一年諾貝爾醫學生理學獎。

樣的行業。』對於身爲工作狂的他來說，選擇職業大概就等同於選擇人生吧。」

「後來成功知道右腦的想法了嗎？」

「成功了。」眞鍋點點頭。「以前已經有過數起詢問類似問題的案例，既然方法已經有了，想問出來也不會太難。就這樣，栗林先生成功獲知了另一個自己想選擇的職業。」

「那該不會是……」實穗望向舞臺，一名小學二年級的男生正巧在這時順利彈完練習曲。

「是的，沒錯。」眞鍋沉穩地說著。「跟您所想的一樣，栗林先生的右腦渴望成爲一名鋼琴家。」

「果然……」

「知道這件事後，栗林先生顯得相當消沉，連我看了都覺得同情。我那時以爲他是因爲右腦的想法和自己相差太多，所以感到失望，但當我獲悉他將出席這場發表會時，我才知道事實上並非如此。栗林先生他其實很自責，認爲自己不應該一直無視右腦的意識。」

長久以來，我踐踏了某個男人的心意——他的話語重新迴盪在實穗耳邊。

那個男人，原來是指栗林心中的另一個意識啊。

這下所有的謎題都解開了。爲什麼他會突然開始學鋼琴，以及爲什麼他如此渴望參加發表會，一旦都眞相大白了。

實穗的心頭湧起一股哀戚，以及炙熱的情緒。

就在這時，身著燕尾服的栗林現身了。

他顯得相當緊張。僵硬地鞠完躬後，他在鋼琴前坐下。唾液的吞嚥聲，連遠方都可以聽得一清二楚。

觀眾們對於這名中年男子的突然出現感到困惑，於是紛紛嘲笑他、竊竊私語，還投以異樣的眼光。然而，沒多久他們就安靜下來。因爲正常人都能了解一個大男人站在舞臺上需要多大的勇氣。觀眾的眼神，漸漸變得越來越溫和。

實穗瞥到會場一角開了扇門，於是轉過頭去；栗林的妻子和女兒，正面露不安地踏進會場。

舞臺上的栗林當然沒有注意到這一切。映入他眼簾的，就只有琴鍵和樂譜。

靜謐之中，他開始演奏《小步舞曲》。

# 光榮的證詞

正木孝三在黑輪攤吃完一盤黑輪、喝了罐啤酒後踏上歸途。對他來說，這是最奢侈的渡週末方式。今天是星期六。他所屬的金屬加工公司還沒跟進週休二日制，再加上大好的星期六還得爲了趕上出貨日而加班，因此他常常得像今天一樣被迫加班到這麼晚。他那廉價手錶的指針正指向近十二點。

孝三手插口袋、駝起背脊，邊盯著地面邊走在陰暗的道路上。家裡沒有等待他回來的親人，他今年都四十五歲了，依然是個光棍，從沒結過婚。此外，他也沒有願意介紹結婚對象給他認識的親友。

「你最好多出去增廣見聞，否則根本沒機會邂逅對象。你啊，個性有點太消極囉。」公司的社長前幾天也這樣說他。孝三自己也清楚，社長心中認爲他是個陰沉的人，也知道他曾對別人說自己沉默寡言，是個連句客套話都不會說的陰鬱男。

孝三並不討厭人群，但他很不擅長找話題與人搭訕，因此不知道該說些什麼。他總是想：如果有人對自己搭話，他就要竭盡所能地回答對方；然而，沒有人想要沒事找他聊天。

一名男子從道路的另一側走了過來，他高大挺拔又比孝三年輕，而且穿著十分時尚。孝三心想：這種男人一定很有女人緣吧？當他們擦身而過時，孝三趕緊垂下頭來，因爲他不想和對方不小心四目相交，而被誤認爲是在找碴。他從小到現在都不曾打過架，一次也沒有。

孝三又向前走了幾步。當他來到住處附近時，聽到旁邊傳來喀的一聲。他停下腳步望向聲響傳來的方向，看到了一條小巷。聲響似乎就是從那邊傳出來的。他依然把手插在工作褲的口袋裡，小心翼翼地向前窺探。

有兩名男子正在爭吵，身材一瘦一胖，粗重的呼吸聲遠遠地傳到了孝三耳裡。

他們要打架了——他在心中如此判斷，接著迅速地離開現場。酒量不好的他光是喝罐啤酒就足以微醺，這一嚇讓他酒氣全醒了。

回到無人等候的住處後，他脫下外套倒頭躺在地板的棉被上，接著打開電視，把昨天借來的A片放進錄影機中。在小巷看到的那一幕，已在他腦中變得逐漸模糊。

沒多久，畫面裡出現一名年輕女子的臉部特寫，孝三見狀馬上用遙控器按下快轉鍵，直到性愛場景出現時才停止快轉。

過了半晌，他脫下褲子，順帶拉下內褲。

一陣嘈雜的人聲吵醒了孝三。看看時鐘，時間才剛過八點。聲音是從窗外傳來的，孝三於是抹了抹臉，看向窗外。他的住處位於這棟房子的二樓。

路上停了幾輛警車，旁邊還圍了一群湊熱鬧的群眾。仔細一看，數名警察正來回出入在昨天孝三所目擊的那條發生爭吵的小巷中。

孝三就這樣穿著充當睡衣的運動上衣走出門外，繞到圍觀群眾後面。

「請問……發生了什麼事？」他詢問前面的家庭主婦。

「好像是有人在巷子裡遇害了。」女人答完後看了看孝三的穿著，接著便匆匆離開。也難怪她會落荒而逃，畢竟孝三的運動上衣不知道多久沒洗了，正發出怪味。更何況，他根本從未跟這附近的人說過話。

「凶殺案……」

孝三吞了口唾液。案發現場是那條巷子？這麼說來，昨晚看到的那兩個人應該和這個案子有關囉？

「這一帶晚上本來就不得安寧。」旁邊有人說話了。

「對啊——連路燈也老是出問題。」

「聽說是胸口一刀斃命耶！大概是強盜殺人吧？每當經濟不景氣，這種案子就會變得多起來。」

「眞討厭！」

孝三聽著這對夫妻聊天，一邊引頸探向小巷，可惜屍體已經被清理乾淨了。

到了下午，房東到孝三的住處收房租。房東是個年近七十的老爺爺，他站在玄關掃視了孝三的家中一圈，接著板起臉來。

「你能不能打掃一下房子？這裡到處都是灰塵，而且還有股怪味！」他說完後，嗅了嗅周遭。

「啊、對不起，我本來想趁著今天打掃的。」

「拜託你務必打掃一下！住在這兒的人可不是只有你一個！」房東臭著臉說道。

付完房租後，孝三畏畏縮縮地說了句，「外面好像有凶殺案呢。」

房東滿臉不悅地點了點頭。

「世風日下啊。這附近的名聲又要變差了。」

看來房東在意的是這間公寓的空屋率。

「不知道遇害的人是誰？」

「好像是公車道上那家中華料理的老爹。我沒去過那兒就是了。」

孝三也沒去過那家店。

「有任何關於嫌犯的線索嗎？」他試著詢問。

「這個嘛，刑警剛才在這附近到處詢問有沒有人目擊這樁凶殺案，但不大可能找得到目擊者吧？凶案發生時間是昨天晚上。但這附近一到晚上，路上就沒什麼行人了。」

房東正欲走出門外時，孝三抓住了他的手。「呃，請問……」

「幹嘛？」房東皺起黑白毛參半的眉頭。

「請問……房東先生，刑警去府上拜訪過了嗎？」

「還沒，就算他來了，我也無可奉告。我們家是很早睡的。」

「刑警會不會來這兒？」

「這裡？誰知道。或許會吧，那又怎樣？」房東語帶不耐。

孝三猶豫了一會兒，接著鼓起勇氣說道：

「不瞞您說，我看到了。」

「看到了？看到什麼？」

「我是說……我看到了案發現場。昨晚……」

「咦！」房東睜大雙眼。「眞的嗎？你沒騙我？」

「嗯。我下班後看到的，大概是十二點左右吧？我在那條小巷……」

房東認眞地看向孝三。

「那你就必須跟警察說清楚啊！這是很不得了的證詞耶！快去跟警察聯絡！」他說得口沫橫飛，噴了孝三滿臉。

「呃，可是，說不定兩件事沒有關係……」

「那種事交給警察去判斷就行了，說不定它會成爲一條重要的線索呢！好，我懂了，我來聯絡警察吧！」說完後，房東便走出孝三家，步下樓梯。裝有房租的收款袋，就這樣被他忘在孝三家中的鞋櫃上。

三十分鐘後，刑警來了。一個是方臉的彪形大漢，另一個則是眼神凶惡的年輕男子。他們兩人都穿著灰色的西裝。

「請您盡可能詳細描述昨晚的事發經過。」方臉刑警說道。他的表情散發出一股嚴肅的氣息。

孝三略顯緊張地開始娓娓道來。

「……我離開黑輪攤後便走到小巷附近，呃……那時大概是十二點左右。我聽到小巷傳來一陣聲響，走過去一看，發現那兒有兩個男人。」

「他們兩人當時在做什麼？」

「他們……」

孝三本想說「他們正在爭吵」，但還是將到口的話吞了回去；他怕說出口後刑警會問他爲什麼不上前勸阻，屆時就難以回答了。若當時孝三上前勸架，中華料理的老闆或許就不會慘遭殺害。

「沒做什麼……啊，他們好像是站著聊些什麼。」

「您是說他們兩人在小巷裡站著聊天，是嗎？」方臉刑警向孝三確認。

「是的。」

刑警頻頻點頭，似乎聽懂了孝三的說詞。孝三鬆了口氣，看來刑警沒有對孝三的證詞起疑心。

「您還記得那兩人的長相與體型嗎？」

「一個矮矮胖胖的，呃……另一個長得高高瘦瘦的。」

兩名刑警同時點頭，看來其中一人的體型和受害者一致。

「長相呢？您還記得嗎？」

「長相……啊。這……我只是稍微瞥了一眼，記不了這麼多。」

孝三的眼角餘光注意到年輕刑警正滿臉失望，於是擔心自己的證詞幫不上他們的忙。

「如果讓您看那男人的臉，您可以回想起來嗎？」年長的刑警問道。這句話對孝三來說可眞是天賜良機。

「嗯，我想……大概可以想起來吧。」

刑警頷了頷首，彷彿心中正想著「很好」；年輕刑警也一臉滿足，振筆記下重點。

「您還記不記得那兩人的其他特徵？尤其是那個瘦瘦高高的男人。」

「特徵……」

「比如服裝之類的。」

「服裝啊……」孝三急了，他心想一定要回想起什麼出來才行。目前爲止的證詞對兩名刑警來說似乎沒什麼幫助。

這時，他腦中突然憶起了些什麼。「對了！」他猛地擊掌。「他當時穿著條紋毛衣……」

「條紋？您確定嗎？」

「不會有錯的。他穿的是……呃——灰紅相間的條紋毛衣。嗯，沒錯沒錯。」

孝三成功地回憶起了衣服的配色，他們其中一人穿的就是那樣的衣服。嗯……是哪一個？

「是那個瘦子。」他說，「穿著那件衣服的是瘦男人。」

兩名刑警的眼神爲之一變，明顯和方才不同。年長的刑警對年輕刑警使了個眼色，年輕刑警於是說了聲「失陪」便走出門外。

「還有沒有想起其他的事？」留在現場的另一名刑警問道。

「其他啊……沒有耶，其餘的我就不大記得了。啊，不過——」孝三看了刑警一眼。

「我無意中想起他的長相了。」

「他長什麼樣子？」

「我記得他的臉頰很瘦，眉毛稀疏，頭髮很長。」

孝三不假思索地答了出來。爲什麼記憶會突然變得如此鮮明，連他自己也不知道。

在發現屍體的隔天，辦案當局根據正木孝三的證詞逮捕了山下一雄。

山下在各方面都符合嫌犯的特徵。

他是受害者下田春吉的表弟，平時遊手好閒，常常向春吉借錢。他欠春吉的錢已經累積到將近一百萬，春吉最近常常爲此責備他。

案發當晚，山下於十點左右離開了同居女友的租屋處，離開時只對她說了句「我辦完事馬上回來。」該女已證實他當時穿的服裝是白色休閒褲和紅灰相間的毛衣，而那件毛衣也在租屋處找到。

然而，山下在偵訊室中否認犯案。他說當晚自己確實和下田春吉見了面，但目的只是爲了歸還一部分的借款。兩人的見面地點是距離案發現場兩百公尺遠的一座公園，他在還了下田春吉二十萬圓後便離開了。

警方問山下如何籌措那二十萬圓，山下剛開始三緘其口，但後來或許自覺這樣將加深自己的嫌疑，便老實說出那筆錢是賭麻將贏來的。這個說法的可信度不低，但山下的嫌疑並不會因此而洗清，因爲受害者下田春吉的隨身物品中並沒有二十萬圓現金。

除了毛衣的花樣，警方也很重視「有兩名男子在小巷中談話」這個證詞，這表示受害者認識嫌犯。

經過數次偵訊之後，辦案人員將正木孝三喚來警署，讓他透過單向鏡看到山下的面貌。

「沒錯，就是那個男人。」孝三作證道。

「簡單來說呢，我當晚走在路上時心情眞是好得不得了！我在黑輪攤喝了些酒，心裡想著『啊，我這星期依然工作表現滿分。』，一邊正想打道回府，誰知道卻在經過那條小巷時聽到奇怪的說話聲。那裡怎麼會有人呢？這也太奇怪了！我懷著好奇心上前一探，這一瞧就看到了那兩個人。胖胖男和高瘦男面對面站著，兩個人劍拔弩張的，感覺不太對勁。這兩人就這樣在我心中留下了一些印象，幸好那時我多留意了那個瘦男人幾眼，因爲啊，凶手竟然就是他呢！嗯，沒錯，他穿的是紅灰相間的毛衣，我當時還暗自覺得這衣服太過花俏哩。話說回來，我當時做夢也沒想到，這一點後來竟然變成了關鍵證詞呢。」

孝三滔滔不絕地說著，幾乎沒碰紙杯裡的咖啡。現在是工廠的休息時間，一群打工阿姨正聚在一起聽孝三描述目擊過程。

「哇！那樣你不就立下大功了？」一名阿姨露出欽佩的模樣，其他人也同表贊同地點了點頭。

「沒有啦——哪算得上什麼功勞啊，我只是歪打正著而已。不過呢，如果我沒有想起這些，現在嫌犯應該還逍遙法外吧？所以……算是多少有些貢獻啦。」

「那當然啊！豈止如此，你的貢獻可大呢！」阿姨說道。

「是嗎？嗯，大概是吧。」孝三得意洋洋地喝下略微冷掉的咖啡。

孝三的這席話，在這群打工阿姨中有些人已經聽了兩次，但沒人擋得住興頭上的孝三那番連珠砲攻勢。正職員工之所以不在休息時間進來休息室，也是因爲他們從第一天就聽膩了孝三的目擊話題。

「刑警先生還告訴我，」孝三從口袋中取出香菸，裝模作樣地緩緩點菸，然後吸了一口。「我必須去法院一趟呢。」

「咦——法院？」

這群阿姨第一次在這個話題中聽孝三提到法院，於是打從心底感到驚訝。

「這還眞是不得了，想必是因爲你是關鍵證人吧？」

「嗯，好像是這樣吧。對警方來說，我的證詞關係著所有案情嘛。我的一句話就可以決定嫌犯有罪或是無罪，這麼一想就……兇手雖然是壞蛋，但若是他因此被判死刑，我心裡也會覺得有疙瘩嘛。想到這裡，就覺得心情有點沉重。」

孝三擠出一副嚴肅的表情，眼神卻洋溢著幸福。

這兩三天對他來說，眞可謂輝煌榮耀。只要提到自己的證詞促成了警方成功逮捕凶嫌，人人都亟欲知道後續發展，聽完後也很賞臉地驚嘆連連或佩服不已。

在他的人生中，迄今從未體驗過這種感覺。從小到大，從沒有人關注他、重視他，他還以爲自己或許會就這樣終老一生。

然而當這起凶案發生後，他的人生有了一百八十度大轉變。他的證詞爲許多人帶來了影響，光是一句「我看到了。」就會令一個男子受罰。

孝三的證詞已經在左鄰右舍間蔚爲話題，這全都是因爲他連去附近購物，都不忘提起這件事。

「不瞞你說，我看到了嫌犯的長相。警方因此一天到晚找我問話，眞是累死人了。」聽到這兒，大部分的人都會大吃一驚，急著想問個究竟，這時孝三就會裝模作樣地大談目擊過程。或許是這件事讓他出了名，現在鄰居太太們漸漸會對他打招呼，有時甚至還會追問「那個案子現在怎麼樣了？」每當這時，孝三總隱約覺得自己像個明星。

孝三的這個故事在不斷複述中，越來越有模有樣，而原本不清楚的部分也在不知不覺中自圓其說。孝三尚未注意到這樣的行爲其實是「渲染」，亦開始誤將自己捏造的部分當成是事實。

案發隔週的星期六，孝三再度光顧了熟識的黑輪攤，同時也想起自己還沒對老闆提到目擊一事。

「那件凶案的嫌犯是不是還沒認罪？」他若無其事地打開話匣子。

頭上綁著毛巾的黑輪攤老爹有些不解。

「呃……什麼嫌犯？」

「就是那個啊，我說的是那件在前面巷子發現屍體的凶案。」

你該不會忘了吧？孝三的語氣彷彿正如此責備老爹。你怎麼可以忘了那件大案子？你怎麼可以忘了那件一般人一輩子都沾不上邊的案子？

「喔，你說那件案子啊。這……我也不曉得，不知道現在怎麼樣了。我沒有看報紙，所以不大清楚。」老爹淡淡地說著，他似乎比較在意鍋子的火候。

孝三覺得很不是滋味，差點「嘖」了一聲。案發才過了一星期，這人怎麼能夠如此漠不關心？凶案可是就發生在這附近耶！

然而，不止黑輪攤老爹，工廠同事和鄰居們也從昨天起就不再熱衷於這個話題。他們不可能無時無刻都想著這樁和自己無關的案子，因此自然會隨著時間逐漸淡忘這件事，更何況他們也差不多聽膩孝三的話了。

但是，孝三本人尚未察覺這一點，心中甚至還焦躁了起來。對他來說，這起凶案關係著他的存在價值，他也深知當人們淡忘這件案子，就代表他也將被人們忘懷，必須再度回到那平凡、不起眼又死氣沉沉的生活。

「說到那個嫌犯啊——」孝三將啤酒倒入杯中喝了一口，滋潤喉嚨。「當時我碰巧目擊到案發現場，之後告訴了警方嫌犯的特徵，後來他們就抓到嫌犯了。」

「咦？是這樣啊？」聽到這裡，連原本無動於衷的老爹也吃了一驚。

「是啊！我上星期不是也來了這兒嗎？後來我就在回家途中目擊到了。」

「哇！這可眞不得了！」

第一次聽到這件事的老爹，終究讓孝三看到了期望中的反應。他流暢地大談目擊過程，而老爹也不時以「眞嚇了我一跳」、「眞不得了」之類的話回應孝三，這下讓他不禁更加滔滔不絕。

孝三比平常多喝了一罐啤酒，接著便從黑輪攤的椅子上起身。晚風吹撫著他火紅的臉頰，令他心曠神怡。

他循著與上星期相同的路線返家，一邊想著「當時眞沒想到之後會發生這麼件大事——」

他忽地停下腳步。

他的腦中突然浮現了一幅光景。

上星期他離開黑輪攤後，在走到案發小巷前曾和一名男子擦身而過，現在他想起那名男子了。

孝三感覺到一股炙熱感從脖子竄升而上。他心跳加速，從太陽穴流出一滴汗珠，汗水冰冷得教人發毛。

接著他開始雙腳發抖。連站都站不穩的他，蹣跚地邁出步子。

「紅灰相間的條紋、紅灰相間的條紋……」

他唸經般地不斷重複著同一句話。

紅灰相間的條紋毛衣，原來是那名和他擦身而過的男子當時的穿著；消瘦的臉頰、稀疏的眉毛與長長的頭髮也都是那名男子的外貌特徵。

以上特徵沒有一項屬於凶案嫌犯。孝三在目擊小巷凶案前見過那名男子，於是將他的特徵誤認爲嫌犯的特徵了。

而——

那個人就是山下一雄。和孝三擦身而過的人，就是山下一雄……。

和山下擦身而過後，孝三便在小巷看見那兩名男子，當時他們正吵得不可開交。

因此山下並不是兇手。

不只如此，孝三還是足以證明他清白的證人。

我得去警署一趟！他想。他得去警署將眞相和盤托出。

但是若眞的說出來，大家會怎麼說他呢？

孝三眼前浮現了刑警怒氣沖沖的模樣。警方依據孝三的證詞而逮捕了山下；現在他卻改口說山下是無辜的，任誰聽了都會生氣吧？

而孝三周遭的人肯定也不會再理會孝三了。

「瞧他說得大言不慚，結果根本是自己搞錯了嘛！」

「什麼，原來是這樣啊？我就覺得奇怪，那種遲鈍的傢伙怎麼可能記得住嫌犯特徵？」

「警方被他耍得團團轉，也眞夠受的了。」
「最慘的是被逮捕的那個人吧？平白無故被抓，眞是倒楣透頂。」
「聽說他這次要證明那個人的清白呢。」
「他說的話能信嗎？蠢斃了！」
他彷彿聽到了大家的謾罵聲。一陣唾棄之後，等待他的肯定是比以往更陰鬱絕情的漠視。孝三心想：我絕不能說出實情，只能將錯就錯了！我的確看到了，我看到了兇手穿著紅灰相間的條紋毛衣。我不確定那個人是不是山下，我只說長得很像，並沒有一口斷定。或許我認錯人了，但即便如此也是警察的責任，跟我無關。如果山下不是兇手，只是偶然在當晚穿上紅灰相間的毛衣，那也只能說是巧合。兇手穿了紅灰相間毛衣，而他也穿了紅灰相間毛衣，就只是這樣而已。
孝三邁著沉重的腳步走向住處，一邊擬定了今後的方針：那就是絕口不提自己記錯人，也絕不推翻至今的證詞。
他來到了案發的那條小巷。他和當晚一樣窺向小巷深處，裡頭比想像中還要漆黑。
孝三不禁倒抽一口冷氣。
他驚覺在這麼暗的情況下，根本無法看清楚人的服裝與外貌，同時也想起上星期在這兒看見那兩名男子時，自己因爲太暗而無法看個仔細。
可惡，爲什麼會這麼暗呢？他環視四周一圈，發現答案就在斜上方——裝在電線桿上的路燈因爲太過老舊，僅能斷斷續續地發出微弱的光芒。

孝三感到胃部一陣脹痛，他顫抖著痙攣的臉頰奔向住處，一踏進家門便癱坐在地板的棉被上。

他那混亂的腦袋拚命地絞盡腦汁思考。

警方會知道路燈燈光昏暗這件事嗎？

他們並沒有在夜晚勘查現場，因此大概還不知道吧？

可是或許有一天他們會發現這件事。辯方或許會在法庭上藉此反駁，說那麼暗的地方不可能看得清楚衣服花色。

孝三看向窗外。現在路燈的燈光依然昏暗。

他搖搖晃晃地站起身來環視室內一圈，注意到了流理臺上的日光燈——它和路燈燈管尺寸正好一致。

他扭開日光燈管，拿了下來。

另一方面，辦案當局正爲了案情丕變而一頭霧水。

「怎麼，你是說那個人才是眞兇？」負責指揮調查這樁凶案的警部對屬下大肆咆哮。

「是的，似乎就是他。他對於案發現場的描述和事實一致，而我們剛才也在他所說的凶器棄置地點發現了染血的小刀，另外他也持有受害者的錢包。」身爲屬下的刑警答道。

「而且錢包裡面還放了錢是吧？」

「是的。裡頭有現金十萬多圓，其餘的錢似乎已經花掉了。」

「這下麻煩了。」警部無力地說道。

他們之所以如此頭疼，是因爲別的警署今天逮捕了一名涉嫌強盜的男子，而他的口供令人瞠目結舌。該名嫌犯坦承自己除了犯下強盜案外，亦是殺害下田春吉的眞兇。他和下田春吉素不相識，只是在他計畫襲擊身懷巨款的人時，湊巧碰到下田春吉罷了。

「他犯案時穿著什麼衣服？」

「咖啡色的夾克。」

「搞什麼，這跟之前的證詞根本不合嘛。」

「是的。此外那位目擊者也說過嫌犯和被害人當時站在小巷中談話，這點也和口供內容產生了矛盾。」

「這下麻煩了。」警部又重複了一次，啪嘰啪嘰地扭動脖子。「外行人就是這樣才教人傷腦筋。」

「嗯，他說的話確實可信度不高。警部，我之前曾向您報告過路燈的事吧？」

「你說燈管老舊那件事嗎？」

「是的。在那麼昏暗的燈光下，不可能看得清楚小巷深處的人穿著什麼樣的服裝。那名自稱目擊到凶案的男子，八成是看錯了吧？」

午夜零時一過，孝三旋即偷偷摸摸地離開住處，手上還握著從流理臺上拆下的日光燈管。

來到裝有路燈的電線桿下方，他先是將燈管夾在褲子的皮帶上，接著確認四周沒人後便馬上跳上電線桿，使盡四肢的力氣爬上去。

我必須趁著今晚將燈管換掉！

說不定這麼一來就可以瞞過警方了。

我不想讓別人認為——

我的證詞都是胡說八道！

對於平日疏於運動、放任啤酒肚日益肥大的孝三來說，爬電線桿簡直比登天還難。他邊喘著氣邊流著口水向上攀爬，汗水滲進了他的眼中。

終於，他爬到了路燈伸手可及之處。他拚命伸長左手拆下日光燈啣在口中，接著握住夾在皮帶上的自家燈管。

他和方才一樣伸出左手，正當他想要換上燈管時——

他的右手滑了一下。

在落地前他想了很多事情，其中也包括「死了就解脫了」這個念頭。

然而他沒有死，只是在附近派出所員警發現他之前，不省人事而已。

# 本格推理證物之開運鑑定團

# 1

看診結束後，醫生隨即拿下聽診器收入診療包中，連根針都沒打。

「醫生，我是不是沒救了？」山田鐵吉問道。會客室鋪著一床棉被，而山田鐵吉就躺在那兒；他那瘦弱如雞脖的皺巴巴喉嚨，正微微地顫動著。

「沒這回事，只要好好養病，一定會好起來的。」醫生避開患者的目光。

「連個像樣的治療都沒做，虧你還眞說得出這種話。不過呢，醫生，我還是很感謝你，多虧有你才讓我多活了這麼久，我已經了無遺憾了。」

「你在胡說什麼？」

「嗳，你就老實說吧，我還剩幾個月可活？」

「恕我不回答這種愚蠢的問題。」

「別這麼說，告訴我吧。我還剩幾個月可活？還是說我已經撐不過一個月了？」

「你的命還長得很呢，別擔心了。」

醫生站起身，對鐵吉的兒子媳婦點了點頭。媳婦育子起身想送醫生離去，兒子史朗也跟著準備站起來，這時——

「喂，史朗。」鐵吉喚道，「留在這兒別走。」

「好。」

史朗對妻子使了個眼色，於是育子獨自送醫生到玄關。

「史朗，你過來。」鐵吉沙啞地說道。

史朗膝行至鐵吉枕邊坐下，低頭望向比自己年長四十歲的老父。

「什麼事？」

「史朗，我已經來日無多。」

「您在胡說些什麼？一點都不像平常的老爸。」

「聽我說，我並不是在說喪氣話，只是我自己的身體自己最了解，而且我一點也不怕死。有件重要的事我一定得趁著還有氣時跟你說才行。」

「什麼事啊？口氣這麼嚴肅。」

「我沒有留下什麼像樣的財產給你，有的只剩這棟房子；但這種鄉下地方，就算賣了房子也值不了幾個錢吧。」

「別說了。」

「聽我說完。我沒什麼財產，但有樣東西非留給你不可。這東西我已經私藏了幾十年，沒人見過它的眞面目，是我獨有的珍藏品。」

「您也說得太誇張了。」史朗輕笑道。

但是，老父似乎並非開玩笑。乾咳兩三聲後，他接著說道：

「你打開佛壇旁邊的抽屜看看，右邊深處應該有一個細長的箱子。」

佛壇就在這間會客室裡。史朗照著老父的話上前去找，果眞看到一個長約一公尺的木箱。

「你打開箱子瞧瞧。」

史朗打開蓋子，裡頭放的是兩根約一公尺長、數公分寬的木棒，上面滿是污垢。

「這棒子是什麼東西？」史朗問道。

棉被中的鐵吉意味深長地笑了笑，臉上的皺紋大大地彎曲了弧度。

「這兩件東西我就留給你，遇到什麼困難就拿去變賣吧。」

「變賣……可是它們怎麼看都不像有價値的古董啊？」

「它們不是那一類的玩意兒，但也挺類似的。對它們沒興趣的人會覺得那是垃圾，有興趣的人就會覺得它們價値連城。」

「這種東西有誰會想要？」

「這就是我接下來要告訴你的事，不過你千萬別跟外人說啊。」

鐵吉開始娓娓道來。史朗剛開始沒什麼興趣，只是隨便應付一下，但後來還是不禁聽得入神。這段話實在太教人吃驚，而聽完後史朗也逐漸明白爲什麼鐵吉如此珍惜這兩根棒子。

兩個月後，鐵吉便去世了。

## 2

「各位觀眾，『本格推理證物之開運鑑定團』即將開始！古今中外發生了數起既不可思議、又戲劇化的本格推理案件，而本節目的目的便是蒐集那些相關證物，來請各位學有專精的鑑定專家一辨眞僞。我是主持人黑田研二。」

「我是助理白山亞里沙。」

在諧星出身的藝人和前模特兒結束開場白後，節目便堂堂開始。兩人接著介紹一字排開的鑑定專家陣容，今天的特別鑑定專家是對天下一案件瞭如指掌的專家壁神辰哉，這時所有觀眾直覺認爲今天應該會出現天下一案件的相關證物。

「那麼，我們有請第一位委託人出場。請——」

在助理那口齒不清的介紹詞下，後方的布幕打開，一名穿著灰色西裝的中年瘦小男子伴隨著乾冰煙霧現出身來。

「我來自飯能（*1），我叫本本本、本山元雄。」男子報上姓名。他相當緊張，連聲音都

*1 位於埼玉縣西南部的一個市。

顫抖個不停。

「您好，本山先生。不用緊張，今天您爲我們帶來什麼東西呢？」主持人問。

「是，呃——是、是這個。」

本山將手上的畫框立在胸前，由於拿反了，助理還急忙幫他拿正。

畫框中有一張一萬圓紙鈔。

「唉呀，是一萬圓紙鈔呢。這張紙鈔有什麼玄機呢？是印刷有錯誤呢？還是流水號特殊？若眞是如此可能價値不菲，不過拿去別的節目可能會比較適合喔。」主持人這番話令全場哄堂大笑。

「不，不是的。這、這個呢，呃，是那椿『小竹料亭命案』中使用過的紙鈔。」

「您是說『小竹料亭命案』嗎？」主持人誇張地擺出吃驚的模樣，接著轉頭看向助理。

「它是怎樣的命案啊？」

「請看VTR。」曾任模特兒的助理笑盈盈地說道。

旁白的聲音傳入耳裡，模擬影片已經開始播放。

「命案發生在東京下北澤的小竹料亭。有一天，一名建築公司社長和熟識的眾議院議員約在這裡見面，而他也一如往常地提早十分鐘到達餐廳，待在最後面的包廂等候。年輕的男性社長秘書也如常在別的包廂待命，但議員卻一反常態地晚了十分鐘才抵達。老闆娘將議員帶到最後面的包廂，不料一到，就驚見社長慘死。社長的頸部大量出血，四周散佈著無數的一萬圓紙鈔，而這些錢正是社長那天要交給議員的東西。這時富豪警部高屋敷秀麻呂正巧在別的包廂舉行宴會，獲知命案發生後，即刻命令餐廳內的人留在原地，逕自展開調查。調查過後，他查出了一個重要的關鍵，社長獨自留在包廂的這二十分鐘內沒有人走出餐廳，也就是說兇手依然留在店裡。高屋敷命令隨後趕到的部屬搜查店內，並對在場所有人進行搜身，因爲他認爲要破案必須先找出凶器。然而很不可思議地，不管他們怎麼找都找不到凶器。最可疑的就屬廚房的刀具，但那兒的目擊者眾多，兇手不可能有機會使用廚房的刀具行凶。凶器消失到哪裡去了？兇手又是誰呢？」

模擬影片在此暫告一段落，鏡頭帶回現場主持人的臉。

「哇！這個案件眞是不得了啊。這是高屋敷秀麻呂系列之一，主題是『消失的凶器』吧？那麼，眞相究竟如何？」

「請繼續看ＶＴＲ。」助理笑容可掬地說道。

「詳細調查屍體之後，高屋敷發現兇手用了兩個步驟行凶。兇手首先使用堅硬的物體毆打社長的後腦杓使之昏厥，之後再以利刃割斷其頸動脈，也就是共有兩件凶器。既然沒找到刀具，那麼毆打後腦杓的鈍器就非找到不可。辦案人員紛紛面露焦躁之色，只見這時高屋敷秀麻呂伸出食指，說了每次出場必說的固定台詞：『神探杜邦（*2）的靈魂在我身上甦醒了！現在我要解開所有的謎團！』他接著說道，『我們一開始就看到凶器了。其實凶器就在我們面前，只是後來成功地改變外觀——不，應該說是回到原本的模樣，才會被我們忽略。睜開眼睛看仔細吧，這就是那兩樣凶器！』他指向點綴著屍體的大量一萬圓紙鈔。『捆得紮實的紙鈔是鈍器，而一張新鈔則能化爲刀刃！使用後只要丟在屍體旁邊就行了，即使沾了血也不會引人懷疑。這樣一來，兇手的範圍就縮小了，那就是和受害者一同帶著紙鈔進來的人，也就是……你！』高屋敷指向社長秘書，秘書於是垂下頭來，跪倒在地。這就是有名的『小竹料亭命案』。」

模擬影片播完後，鏡頭帶到主持人和助理正在鼓掌的畫面，而來攝影棚參觀的觀眾也跟著陪笑拍手。

「原來如此，原來這就是兇手所使用的詭計啊！的確，大家常用『鋒利得可割傷手』來形容新鈔，這招眞是令人意想不到啊。呃……這麼說來，這張一萬圓紙鈔就是命案中的那張一萬圓紙鈔囉？」主持人指著本山元雄手中的畫框。

「是的，正是如此。這張紙鈔就是當時的凶器。」本山的表情依然極爲僵硬。

「本山先生，爲什麼這張紙鈔在你手中呢？」

「呃——其實呢，當時的鈔票全部都被警方當作證物沒收了，結案後便送到銀行兌換。

我表哥正巧在那間銀行工作，於是我就請他幫我留了一張。」
「喔，原來是這樣啊。那麼，您如何證明這張紙鈔就是命案中的那張呢？」
「只要各位看了流水號就明白了。」
「噢？真是如此嗎？不囉唆，我們趕緊來鑑定吧！」
助理將裝了一萬圓紙鈔的畫框送到鑑定團面前，鑑定專家旋即圍著它開始討論。不過，高屋敷系列的鑑定工作是由固定班底之一的綾小路道彥負責，其他人大都只是傾聽他的見解。
討論終於結束，鑑定專家紛紛回座。主持人見狀後開口說：
「好，看來結果終於出來了！這張曾在『小竹料亭命案』中被當成凶器的一萬圓究竟有多少價值呢？」
懸掛在他們上方的LED電子看板顯示出了數字，上面寫著九千五百圓。
「唉呀，九千五百圓！這個價格眞令人意外呀！」
主持人說話的同時，鏡頭也帶到了委託人的臉部特寫。本山元雄的眉毛垂成八點二十分

*2 C. Auguste Dupin，知名小說家愛倫坡（Edgar Allan Poe）筆下的名偵探。

的角度，目光渙散，看起來可憐兮兮。

「這是怎麼回事呢？」主持人望向鑑定團。

「呃——這個嘛……」穿著雙排扣西裝、打著蝴蝶領結的綾小路道彥動了動他那招牌小鬍子。

「從流水號來看的確是眞品，它正是『小竹料亭命案』中一萬圓鈔票之一。」

「既然如此，爲何只估價九千五百圓呢？」

「呃——這個嘛，第一，在這件命案中撒在屍體周遭的一萬圓紙鈔共有五千張，而這五千張紙鈔的價値並不能一概而論，必須依據它們在命案中扮演的角色來估價。最有價値的就屬割斷頸動脈的那張一萬圓紙鈔，現在市價約一百萬圓，我記得已被大阪的推理古董商收購。這張紙鈔約有三分之一沾滿血跡，也附有法院的證物證明書。至於其他紙鈔，就必須視狀況估價了。若想得到高估價，紙鈔上必須沾有受害者的血跡，而且重要的不是數量，而是端看血跡的美醜。說到本山先生帶來的這張紙鈔，很遺憾地上面完全沒有血跡，這種紙鈔大約有三千五百張吧。如果沾上血跡，紙鈔便擁有了獨自的魅力，價格也高，但沒有血跡的話就只是一張普通的紙鈔。蒐集狂是不會想要這種東西的。嗯，大致上就是這樣。」

「可是，這不是很奇怪嗎？普通的一萬圓至少也該有一萬圓的價値吧？怎麼會是九千五百圓呢？」可能是爲了幫垂頭喪氣的委託人找台階下，主持人對綾小路如此反駁。

「您說得沒錯，因此若將這張紙鈔用在購物上，確實擁有一萬圓的價值。但是，若將它以『小竹料亭命案』中的凶器為名目出售，結果會如何呢？蒐集狂不會買；一般人也會害怕觸霉頭而不買，到頭來只能到銀行兌換，但前往銀行又必須花上車馬費。所以就變成這個價格了。」綾小路冷笑道。

「喔，原來是這樣啊。呃……本山先生，您聽了覺得如何呢？」主持人滿懷歉意地問委託人。

「我明白了，我就用它來買回程的車票吧。」本山沮喪地答道。

「這主意真不錯，但建議您到自動售票機購買，否則若是在售票口被售票人員發現它是張不祥的紙鈔，說不定會遭到拒收呢！」

主持人一說完，全場馬上一陣爆笑。本山元雄就在這陣笑聲中縮起背來，無精打采地離開現場。

「唉呀，真令人同情啊。」主持人對助理說道。

「是呀，原本他那麼自信滿滿的。」

「不過，這就是鑑定秀的醍醐味啊。那麼，我們來接著看下一位委託人的證物吧。第二位委託人，請──」主持人重振精神，開朗地說道。

第二位委託人是名女性，帶來的證物是手槍，聲稱是在白羅系列的《尼羅河謀殺案》

（*3）中出現的凶器。委託人才說到一半，棚內觀眾已經忍不住笑出聲來。這個節目常有人拿出白羅系列或福爾摩斯系列中的相關證物，但沒有一項是眞品。若這把手槍是貨眞價實的凶器，那可是件大發現。

「這件證物會是眞品嗎？本節目中之前出現的白羅系列相關證物幾乎都是贋品，不知這次鑑定結果如何？」連主持人也壓根不相信委託人的說詞。

鑑定結果如所有人所料，是贋品。專精於這領域的鑑定專家判定它是「戲劇用的小道具」，沒有估價。這個節目有個不成文規定，那就是不爲贋品估價。

相關證物就這樣逐一鑑定完畢，目前已經出場了四人，卻依然沒有出現估出高價的證物。

「節目接近尾聲，這位是最後一位委託人了。」

「這位是來自岡山的山田史朗先生！」

依照慣例，一名三十來歲的男子伴隨著乾冰的煙霧現出身來，手上拿著一根棒子。

3

「那麼，山田先生的珍藏品是什麼樣的東西呢？該不會是這根棒子吧？」主持人刻意強調。

「是的，正是這根棒子。」

「咦？您說這支髒兮兮的棒子是證物？它到底是什麼棒子呢？」

「它呢，是跟那件『壁神家命案』關係匪淺的棒子。」

「咦？『壁神家命案』不就是名偵探天下一大五郎所解決的那樁有名的案件嗎？」

「是的。」

喔——！全場發出一陣驚呼。天下一系列的證物也是這個節目的固定鑑定物之一。

「您是循著什麼管道得到它的呢？」

「其實也沒什麼。先父從小就在那樁命案中的舞臺——奈落村長大，因此偶然得到了它。」

「喔，原來是這樣啊。那麼，或許它會成爲一件不得了的證物喔，畢竟『壁神家命案』可是家喻戶曉呢。」

「不過，可能也有觀眾不曉得這件案子吧？本節目爲此準備了VTR，請看！」助理少根筋地簡單介紹後，模擬影片便開始播放。

*3 *Death on the Nile*，曾於一九七八年被改編成電影。

「『壁神家命案』是令天下一偵探名揚天下的重大刑案，從各方面來說，這樁案子有著重大意義。其中最值得一提的，就是這樁案件是天下一迄今遇過的唯一一樁密室殺人案。命案發生在一個下雪的日子。奈落村近郊的某戶農家中，有個名叫做作藏的男子慘遭殺害，當村民發現屍體時，作藏家周遭僅找得到目擊者的足跡，而且門已從屋內上鎖；目擊者破門而入後看到地上有根門閂，便猜想門應該上了門閂，也就是說命案現場是由『雪』和『門』構成的雙重密室。偶然來到這座村子參加朋友婚禮的天下一大五郎挑戰了這樁難解的命案，他在一番調查後查出兇手是在下雪前行凶，並且發現密室的原理，其實是積雪壓得房屋變形以致於門打不開，而門根本沒上門閂，只是兇手事先在門旁放了類似門閂的棒子罷了。兇手是村裡最顯赫的望族女主人——壁神小枝子，她動手殺人是爲了隱藏自己的黑暗過去——」

模擬影片播完了。

「不管聽了幾次，這件命案依然震撼人心呢——好了，山田先生，您今日帶來的這根棒子，該不會就是……」

山田史朗聽完主持人的話後深深點頭。

「沒錯，它就是密室圈套中的那根棒子。目擊者破門而入時這根棒子就在門旁邊，大家便因此誤以爲門上了門閂。」

「原來如此。識破這樁詭計的正是名偵探天下一吧？該說名不虛傳嗎？或是……總之是不簡單！好，若它是眞品的話，那可就不得了了！畢竟報名本節目的天下一系列證物也鮮少有眞品出現，若再加上『壁神家命案』這幾個字加持，估價肯定不少！那麼，我們就請鑑定團開始鑑定吧！」

主持人掩不住興奮地說完這段話。沒多久，鑑定團中一名四十多歲男子站起身來，緩緩地走向前方。他穿著剪裁合身的服裝，五官端正。

「由於今天的證物是天下一系列相關物品，所以我們請到這個領域的專家──壁神辰哉先生！『壁神』這個姓氏想必各位電視機前的觀眾應該不陌生，這位先生就是剛才ＶＴＲ介紹過的壁神家親屬。呃──壁神先生也是天下一偵探的朋友吧？」

壁神辰哉微微點頭。

「是的。方才ＶＴＲ中天下一所出席的婚禮，正是我的婚禮。」

「啊，原來是這樣啊？」

「而兇手壁神小枝子則是家母。」

驚嘆聲在攝影棚內此起彼落。這個節目請到的來賓不乏兇手親屬，應該說──最能鑑定出正確價值的，常常都是和兇手有關的人。

壁神辰哉皺緊眉頭仔細端詳那根棒子，在最後一次頷首後，他說了聲「我鑑定完了。」便回到座位。

「好，看樣子答案已經揭曉了。請出示估價額吧！這根『壁神家命案』中的密室詭計所使用過的棒子，到底有多少價值呢——」

主持人掩不住興奮地說完後，ＬＥＤ電子看板顯示出了〇這個數字，觀眾失望的感嘆聲淹沒了整個攝影棚。

「是贗品嗎？是這樣嗎？壁神先生。」主持人一臉不解地望向鑑定專家席。

「非常遺憾，它是贗品。」壁神辰哉說，「這東西整體來說都做得非常像，不但製造年代相同，還使用了奈落村盛產的木材當原料，大致上都和眞品相同。」

「可是它卻不是眞品？」

「很遺憾。」

「究竟是哪裡出了問題呢？」

「木頭上面沒有簽名。以那個時代的那個村莊來說，門閂也是個重要的家用品，爲了防止遭竊或與別人的混淆在一起，一般來說是會寫上名字的，但那根棒子上卻沒有寫名字。」

「也有可能是受害者本來就沒有在家用品上簽名的習慣呀？」主持人不死心地追問。

「不，他一定簽了自己的名字。受害者名叫作藏，照理說他應該會在木棒兩端寫個作字並畫個圈圈起來才對。」壁神辰哉自信滿滿地說道。

「嗯——喔，是這樣子啊。」主持人擺出不大服氣的表情偏了偏頭，對委託人山田史朗問道，「山田先生，您聽了有什麼感想？」
山田史朗看來反倒沒有主持人氣餒。他思忖了一會兒後說道：
「我可以問一個問題嗎？」
「好的，請說。」
「如果這根棒子是眞品，能得到多少估價額？」
「怎麼樣呢？壁神先生。」主持人問向壁神辰哉。
「這問題很難回答呢。『壁神家命案』對天下一偵探來說是個值得紀念的案件，我想應該比其他案件來得有價值，尤其這門閂又是密室詭計中的小道具……這個嘛，我猜在拍賣會上至少能賣到一千萬圓吧？」
「一千萬！眞是不得了啊，太可惜了！」主持人搖了搖頭。「不過呢，這代表寶物並不是這麼簡單就可以得手的。山田先生，眞是太遺憾了，下次若發現了什麼有趣的證物，一定要再度光臨本節目喔。」
「好，我回去多加研究後再來挑戰看看。」說完後山田史朗低頭行了個禮，不疾不徐地離開現場。

## 4

史朗看到壁神辰哉獨自走出電視臺後便急忙衝上前去，令壁神稍稍吃了一驚。

「什麼事？」

「壁神先生，不瞞您說，有件東西想請您過目。」

「什麼東西？」

「是棒子。」史朗說，「凶案中的門閂。先父留下了兩根棒子給我，方才您看到的是其中一根。」

「別鬧了！那種棒子怎麼可能會有兩三根！」

「其中一根是贗品呀。方才那根是贗品，那麼另一根就是眞品了。請您務必幫我鑑定。」

「那你就再報名一次節目吧。」壁神辰哉正要邁步踏出去，史朗便抓住了他的手臂。壁神白了史朗一眼。「你有完沒完！」

「若我再報名一次，到時有麻煩的恐怕是您喔。」

壁神聽了史朗這句話不禁雙眼圓睜。「你眞失禮！你說我會遇上什麼麻煩？」

「我正要對您說明這件事，我這麼做是爲您好。」

壁神欲言又止，眼神中流露出一絲不安。

「我現在很忙。」

「不會花您太多時間的，東西就在車上。」史朗指著停在一旁的國產轎車說道。

史朗請壁神辰哉坐上副駕駛座，自己則坐在駕駛座上。他沒有踩動油門開車，只從後座的箱子中拿出一根棒子。「就是它。」

壁神百般不願地接過棒子，接著眼中旋即迸發出異樣的光芒，連史朗都察覺到他的呼吸急促了起來。

「喂，這是……」

「它是眞品吧？」

「嗯，沒錯，而且上面還有作藏的簽名。你是在哪裡找到的？」

「先父是作藏的鄰居，發現屍體的也是他本人，因此不乏得到它的機會。」

「眞嚇了我一跳。你在節目上爲什麼不拿出這一根呢？」

「您覺得奇怪？」

「是啊。」

「其實呢，方才我在節目上亮出來的棒子是保管在警方那兒的證物——也就是您認爲是贗品的那一根木棒。」

「你說什麼？哪有這種蠢事！」

「由不得您不信，這是眞的。我來告訴您爲什麼會變成這樣吧，其實那根木棒曾經中途被調換過。」

「什……」壁神辰哉說到這兒就僵住了。半晌之後，他才開口道：「你、你在說什麼鬼話！」

「其實，眞相是這樣子的：兇手爲了讓大家誤以爲門的內側上了門閂，便特地在門旁邊放了根棒子——就是現在您手上的這一根。但是呢，這根棒子有個重大缺陷，那就是它已經被蟲蛀得快斷掉了；壁神小枝子發現這點後非常焦急。她知道眞兇是誰，也看穿了密室詭計的原理，而她之所以感到焦急，是因爲害怕警方或天下一偵探察覺這根已遭蟲蛀的棒子無法用來當門閂。於是呢，她便趁著還沒有人發現時以新棒子掉包，也就是說警方沒收的證物其實是掉包後的棒子。不只如此，小枝子女士之後還繼續包庇眞兇，替他頂罪。」

史朗說著話時，壁神辰哉的臉便像漂白般地血色盡失，額頭冷汗直冒。

「你、你你你、你有什麼證據？」

「目前爲止沒有，但剛才找到新證據了。」史朗從後座拿出另一根棒子。「您斷定這根棒子是贗品，還說眞品上頭有作藏的簽名。您說得沒錯，現在您手上的正是眞品，是眞兇用來設下詭計的道具。可是，爲什麼您會知道這一點呢？原因只有一個，那就是您是兇手！」

狹窄的車內充滿著沉悶的空氣，震動聲傳到史朗的耳邊；史朗側耳傾聽，發現原來是壁神辰哉的呻吟聲。

「你想報警？現在報警太遲了，法律已經過了追溯期。」

「我知道啊。不瞞您說，先父在給我看這兩根棒子時曾經告訴我：『遇到困難就拿它們去換錢，一定可以換到不少錢。』」

「我懂了。」壁神辰哉嘆了口氣。

「你要多少錢？」

「您方才在節目上不是說過了嗎？」

壁神辰哉思考了一會兒，這才微微笑道：

「既然是自己定的價，我也只好用這個價格買下了。」

「謝謝您為它估了這麼高的價錢。」

兩人在車中互相握手。

# 綁架聯絡網

單人用電熱鍋中正煮著湯豆腐（*1），正當我邊喝啤酒邊看電視的搞笑節目時，電話響起了不吉利的鈴聲。其實電話鈴聲哪有什麼吉不吉利可言？只是我在那一瞬間感受到了不祥的預感。

「喂。」我對著無線電話說，「我是川島。」

「喂。」對方開口了，似乎是名男子。「您說您姓川島，對吧？」

這傢伙在說什麼鬼話？自己打電話過來還問我是不是姓川島，哪有人這樣？

「是，我是川島。」我複述了一次。「請問您哪裡找？」

說完後，聽筒傳來了哼哼哼的詭異笑聲。

「不好意思啊，我不能說出我的名字。」他講話慢條斯理，溫溫呑呑。

不祥的預感成眞了！我想。人只要住在都市，免不了三不五時接到怪人打電話騷擾。

「幹嘛，你有何貴幹？如果只是想惡作劇，我就要掛電話了，我現在很忙。」

「嗳嗳，電話費是我付的，您別急著掛嘛。不瞞您說，有件事我想找您談談，請您務必聽我說完。」

「啥事？」

「坦白說……」男子故弄玄虛地停頓了一會兒，接著才繼續說道：「貴子弟目前在我這兒。」

「小孩?」

「這孩子眞可愛啊。長得這麼可愛,身爲父母應該很自豪吧?您那可愛的孩子目前在我這兒,講得嚴重一點,就是我將他綁了回來加以監禁,也就是俗稱的『綁架』。」

「等一下。」

「您別擔心,目前我不會對他不利,對他可好著呢。我綁住了他的手腳,這點還請您見諒,畢竟萬一他逃了,我可就頭大了。啊,還有他的嘴巴也被我用布塞住了,因爲他大叫的話會引來一些麻煩。」

「我叫你給我等一下!」我大叫道,「你到底在說什麼鬼話?」

「綁架。」男子回答。「我正在告訴您『我綁架了貴子弟』。」

我哼笑了一聲。

「想玩綁架遊戲也該先調查一下對方的身家吧?很遺憾,我沒有小孩啦!連老婆都沒有,怎麼會有小孩?你打到別家去吧。」

說完後我想掛了電話,卻在掛斷前聽到男子說道:

「這跟您的身家沒有關係。」

*1日本美食之一,將嫩白豆腐在沸水中略微汆過,之後切成半寸許見方,浸於清水中以保持幼嫩,蘸醬食用。

我再度將電話拿近耳邊。「你說什麼？」

「我說這跟您的身家沒有關係，川島先生。不管您有沒有小孩、已婚或是未婚，都跟我沒有關係。」

「那你爲什麼要打電話給我？」

「我現在正要說明這件事呀，別急嘛，別急。」男子說話依舊吊人胃口，我開始煩躁了起來。

男子說：「老實說我現在正缺錢，無論如何都必須趕緊籌到三千萬圓，但我哪有那麼多錢呢？而且也沒有人願意借我錢，因此我就想到了綁架這個主意。嗯，事情就是這樣。」

「喔？你幹嘛告訴我這件事？」

「現在開始才正要進入正題。既然小孩都綁來了，那麼接下來當然是要求贖金囉。綁架的流程不就是這樣嗎？」

「大概吧。」

我不知道他到底想說什麼，只好忐忑不安地出聲同意。

「可是呀，您不覺得這樣很卑鄙嗎？」

「什麼？」

「我說的是利用父母疼惜孩子這點來索取巨款的行爲，做這種事簡直是喪盡天良嘛。」

「不用你說我也知道。」說完後我點了個頭。「啊，我懂了。你是不是覺得很過意不去，所以想放棄綁架？」

「不不不，這樣不就拿不到錢了嗎？我怎麼可能放棄呢？」

我感到頭暈目眩，再次體會到世上怪人眞的很多。

「但你不是覺得這樣很卑鄙嗎？」

「我是指對父母要求贖金這點很卑鄙。」男子說完後嘻嘻嘻地怪笑了幾聲。

我心中忽然有股不祥的預感。

「什麼意思？」

「既然對父母要求贖金讓人過意不去，那我改叫別人付錢不就好了嗎？——我腦中忽然浮現了這樣的想法。而川島先生，您就是那個負責付錢的人。」

「什麼？」我聽得目瞪口呆。「爲什麼是我？」

「簡單說呢，就是緣分。」

「緣分？」

「我剛才隨手撥了個號碼，結果就撥到了貴府。我不知道全日本有多少人擁有電話，但可以肯定您是在極微小的機率中脫穎而出的。除了有緣之外，我還能作何解釋呢？我的原則就是要珍惜得來不易的緣分。」

「放屁！什麼鬼緣分！」

我掛斷電話，一口飲盡杯中的啤酒。

這應該是惡作劇電話吧？我想。他說的不可能是眞的。

我將湯豆腐從鍋中撈起，在杯中倒入啤酒。想早一點轉換心情。

然而，正當我將杯子舉到嘴邊，電話又響了。

「喂！」我粗聲粗氣地說道。

「您有點太沒耐心囉。」方才的男子說道，「這樣是很難出人頭地的。」

「關你屁事！我要掛了！」

「要掛是可以，但您可能會後悔喔。」

「什麼意思？」男子的聲音多了股原本沒有的威嚇感，逼得我往下追問。

「這個嘛，是這樣的。如果不付贖金，孩子的性命可能不保──這是綁架犯的固定台詞，而我想講的正是這個。」

「這跟我又沒關係。」

「是嗎？您這麼肯定？」他依舊溫吞地吊人胃口。「如果您不付錢，不久後可能會有小朋友慘遭棄屍喔。這樣您也不在乎嗎？這麼一來，那位小朋友就是您害死的喔。」

「放屁！殺人的明明是你！」

「您眞的能這麼乾脆地劃清界線，認爲自己一點責任都沒有嗎？我就辦不到，一定會後悔一輩子的——」

這男人的說話方式眞令人厭惡。我本想掛斷電話，卻一時間躊躇了一會兒，男子於是抓緊機會說道：

「您看看，您已經開始猶豫了。您聽過一本名叫《國王的贖金》(*2)的小說嗎？或是聽過黑澤明(*3)的《天國與地獄》(*4)也行。故事中的主角爲司機的兒子準備了贖金。人類就是這樣，您一定也和他一樣善良。沒有人會因爲對方不是自己的孩子，就見死不救。」

「我的確無法見死不救，但我不會付錢的。爲什麼我非付這筆錢不可？」

「您非付不可，否則我就頭大了。」說完後，男子再度嘻嘻地笑了。

我嘆了口氣。「我有件事想問你。」

「什麼事？」

「你眞的綁架了一個小孩？該不會是騙我的吧？」

---

*2 *King's Ransom*，作者爲愛德・馬可班恩（Ed McBain）。

*3 日本知名導演，獲獎無數，沒於一九九八年。

*4 黑澤明導演所改拍的《國王的贖金》電影版，上映於一九六三年。

「眞的呀。我不是跟您開玩笑，畢竟我也很忙。」

「讓我看看證據！不，讓我聽聽證據，叫小孩來聽電話！」

「唉呀，川島先生，這點我辦不到啦。我不能讓小孩亂說話，而且就算聽到小孩的聲音，也算不上什麼證據吧，您又不認識那個小孩。」

他說得沒錯，我一時之間啞口無言。

「……你知道那個小孩的身分嗎？」

「知道。」

「告訴我。」我說，「我要確認他是不是眞的被綁架，如果是眞的，我就要告訴他的父母。」

「您這麼做不是在爲難我嗎？」男子說道，「這樣我的好意不就全泡湯了？」

「什麼好意？你的好意可害死我了！」

「可是，您並不需要爲小孩擔心受怕，也不需要爲他心痛，對吧？對我來說，這樣工作起來也比較有效率嘛。」

我眞不懂，這男人是認眞的嗎？他不像是個瘋子，但我也曾聽說眞正的瘋子看起來反而不像瘋子。

我開始思考是不是該先去報警，不料男子彷彿看穿了我的心思，說道：

「我現在要說的也是綁架犯的固定台詞之一：勸您最好不要報警。要是被我發現您耍了什麼花招，交易就取消，海上就會浮現小孩的屍體，您心中的陰影也會糾纏您一輩子。」

哈哈哈——我刻意笑出聲來。

「你怎麼知道我有沒有報警？難道你要全天候監視我？」

「我可以透過某些方式得知警察是否出動了，即使沒有馬上察覺，總有一天我也會發現。」

「哪一天？」

「交付贖金的那一天。」

「啊……」

「如果我在約好交付贖金的地方，發現疑似警察的蹤跡，就會馬上取消交易。」

「隨你便啊！什麼贖金、贖金的，我一次都沒說過要付錢吧？」

電話那頭傳來一陣冷笑。

「終於進入正題了。川島先生，我想請您爲小朋友支付三千萬圓的贖金，請您立刻準備。」

「哼，你在說什麼鬼話？我沒錢，有錢也不會給你。」

「噯，你就先好好考慮一下吧。如果錢湊齊了，請您在朝日、讀賣、每日（*5）這三家日報的尋人欄登上『太郎　天時地利人合　請與我聯絡』這則啓事，如果我等了三天您都沒有回音，就視爲您拒絕交易。」

「不用等上三天，我現在就拒絕。」

「哼哼哼，您最好先冷靜地思考一下喔。再見。」男子說完後便逕自掛斷電話。

我喝了啤酒，開始吃起湯豆腐，但食慾已經完全消失。吃到一半我便放下筷子，連電視也關了。

耳邊再度迴響起男子那溫吞的聲音。

我越想越覺得這件事缺乏眞實性。叫我爲一個素不相識的小孩付贖金？天底下哪有這種蠢事。

最合理的解釋，就是我被耍了。反正我本來就不認爲這件事是眞的，不如藉此忘了這件事吧——想歸想，心裡還是覺得不大對勁……如果這不是惡作劇或玩笑呢？

我想，我還是報警吧。雖然心中多少害怕嫌犯會因爲我報警而殺了小孩，但只要將這件事也告訴警方，他們應該會妥善處理才是。問題是：警察肯相信我嗎？總覺得他們不會把我說的話當一回事。

不，即使如此我還是應該報警。這責任我必須丟給別人扛，否則我不得心安。

我拿起電話按下了兩個一，正當我想按下○時，我掛斷了電話。我突然想到一件事。

把責任丟給別人扛？

對，就是這個！只要把責任丟給別人扛就行了！管他對象是警察還是誰都沒關係！不，如果報警，小孩可能會有性命危險，也有可能節外生枝；要是真有個萬一，就算責任不在我身上，我的心情也絕不會好受。

嫌犯是隨手撥號打到我家來的，也就是說嫌犯的威脅對象並不是非我不可。

我看向電話，心情似乎輕鬆了些。一股既緊張又興奮的感覺湧上我心頭。

我忐忑不安地隨手撥了一串號碼。第一次沒有接通。我換了串號碼再度撥了一次，這次接通了。

「喂，這裡是鈴木公館。」

應聲的人是名中年婦女，而且用字遣詞相當高雅，說不定是個貴婦。我暗自竊笑，這通電話真是打對了。

「喂，你是這戶人家的太太嗎？」我稍稍裝出凶悍的語氣。

「是，請問有什麼事嗎？」她的口吻透露出警戒心。

---

*5 朝日新聞、讀賣新聞與每日新聞是日本的三大報。

「不瞞您說……」我吞了口唾液，繼續說道，「貴子弟目前在我這兒。」

「咦！」她一時語塞，接著便問我，

「您說的小孩是指……貞明嗎？貞明他……現在正跟公司同事小酌……」

「不對不對，不是貞明。」我拿著電話搖了搖頭。「我綁走的是和妳毫無瓜葛的小孩。」

「喔，是這樣啊。咦！您說綁走小孩……」

「就是綁架。」

對話那頭傳來一聲驚呼，這反應正是我想要的。

「嘿嘿嘿，妳嚇到了吧？沒錯，我就是綁架犯。」

「您、您、您綁走了哪家的孩子？」

「哪一家還不都一樣？反正是妳不認識的小孩就對了。不過呢，從現在開始，能救那個小孩的人只有妳。」

「什、什麼意思？」

「聽好了。我綁架了一個小孩，但我因爲某些理由，而沒辦法向那個小孩的父母要求贖金，所以想請妳替他們付贖金。這樣聽懂沒？」

對方沒有回話。我不知道她是啞了，還是正在盤算些什麼。

正當我被過長的沉默逼得開始心生不安時，那名中年婦女開口了。
「請問……您方才說那位小朋友和我們家毫無瓜葛，對吧？那麼，爲什麼，呃……爲什麼我們……呃，那個，必須支付……呃……贖金呢？」
哇哈哈哈哈！她開始一頭霧水了。這也難怪啦。
事情越來越有趣了。
「會選上妳只是湊巧罷了，妳就當作自己運氣不好，乖乖聽話吧。我想請妳乖乖準備三千萬圓，這是贖金的金額。」
「三千萬……數目太大了，我不付。」
我就猜妳會這樣說。
「如果妳不付，小孩就會性命不保噢。」我壓低聲音裝出威嚇感。一陣令人酥麻的快感竄過我的背脊，想不到威脅別人這麼有趣。
「可是、可是，那位小朋友，不是跟我們毫無瓜葛嗎？」
「唉呀，妳的意思是說別人的小孩，就可以不用管他的死活嗎？」
「我不是這個意思……」
「從明天起我給妳三天時間考慮，妳就趁那三天籌錢吧。錢湊齊後就在朝日、讀賣、每日這三家日報的尋人欄刊登『太郎　天時地利人合　請與我聯絡』這則啓事，如果妳不刊，我就殺了小孩。」

「怎麼這樣……太殘忍了。」

「如果妳不想看到事情演變成這樣，那就籌錢吧。話說在前頭，如果妳報警的話小孩也會沒命，他的屍體大概會漂浮在海上，我會想辦法讓大家知道，他是被妳見死不救害死的。」

「請、請等一下，我……我會跟外子商量看看。」

「想商量還是幹嘛都隨妳便，只要不報警乖乖給錢就好了。小孩平安回家後，他的父母一定會感謝妳的。先這樣啦，我會再打給妳。」說完後我便逕自掛斷電話。

我以毛巾拭去掌心的汗水。

這樣一來，那個小孩的命就從我手中轉移給方才電話中的那個女人了。想準備贖金或是報警都由她決定，這件事已經跟我沒關係了。

話說回來，電話眞是個恐怖的道具啊。原本遭到威脅的人才一會兒就逆轉了立場，而且每個角色之間都毫無瓜葛。

那個女人會怎麼做呢？應該會報警吧？她似乎完全沒想到惡作劇電話的可能性，但很有可能會在跟丈夫商量過後被一句「妳應該是被耍了吧」打發掉。

眞期待明天起的那三天日報啊——我想。很快地，我已經置身事外了。

我連續三天都看了朝日、讀賣、每日這三家報紙的每則報導，卻遲遲找不到「太郎——」的文字。這也是當然的，一般人哪會接了一通恐嚇電話就開始準備贖金？

我懷著看熱鬧的心態想看看嫌犯會有什麼反應。會不會這眞的只是一場惡作劇，所以不會有什麼事發生？

我沿途想著這件事回到家中，才剛到家電話就響了，彷彿某人正在某處監視著我。

「喂，川島先生嗎？」

我一聽就知道是那個男人。

「幹嘛？我和你沒什麼好說的。」

「噯，您別這麼激動嘛。看來交易失敗囉，這三天您都沒有刊登那則啓事。」

「廢話！」

「我懂了。唉，眞是可憐啊，那孩子的命就到今天爲止了。那孩子這麼可愛……嗯——眞是令人同情啊。」

「你若是眞這麼想，就把那孩子還給他父母。」

「我辦不到，這樣綁架他就沒意義了。」

「還不都一樣？反正你又拿不到錢。」

「那是這次，下次就不一樣了。」
「下次？」
「如果您知道我眞的是個爲了錢不惜殺害小孩的殺人魔，下次交易的態度就會不一樣了吧？」
「你別傻了！做幾次都一樣啦！」
「是嗎？眞的是這樣嗎？等到小孩眞的被棄屍，您就不會這麼嘴硬了。不瞞您說，我方才已經餵小孩吃下毒藥了。」
「什麼……」
「呵呵呵，您看，您果然嚇了一跳吧？別擔心，我下的份量死不了人，頂多讓他變衰弱而已。我也不想殺人，也想拿到錢後將活生生的小孩還回去啊。因此，我要再給您一次機會。」
「機會？什麼意思？」
「我會再等您兩天，請您再重新考慮一次，此外贖金也減爲兩千萬。怎麼樣？我已經退讓很多步了吧？」
「不管你減少多少金額，我都不會付的。」
「噯，您就好好考慮一下嘛。和之前一樣，請在報上刊登尋人啓事，如果這次沒有好回音，我就會餵那個小孩吃下更多毒藥。呵呵呵、嘻嘻嘻嘻！再見。」

我還沒來得及回話，電話就被掛斷了。

什麼跟什麼啊！再等兩天？減價爲兩千萬？搞什麼飛機嘛！

一般人這時可能會勃然大怒，但我卻不怎麼生氣，反而有些興奮。我匆匆撥了通電話。

「這裡是鈴木公館。」應聲的是之前那名中年婦女。

「喂，是我啦。」

中年婦女「啊！」地輕呼一聲，看來她還記得我的聲音。

「妳沒有刊出那則啓事耶。意思是妳不想付贖金囉？」

她沒有回話，似乎在調整氣息。一會兒後，她說：

「我、我已經決定不要、不要屈服於威脅，勇敢面對了！」

「原來如此，妳的決心眞是了不起啊。」我感覺到自己的臉不禁扭曲了起來。

「可是呢，萬一妳的決心害死那個小孩，妳作何感想？我想心情應該不會很愉快吧。」

我開始下意識地吊人胃口，忽地有股施虐的快感。「我已經餵小孩吃下毒藥了。」

「咦！」女人破音了。「那、那、小孩子已經、死死死、死掉……」

「別擔心，還不到致死量，只是讓他吃點苦頭。」

「你居然做出這麼過分的事！」

「我不殺他是爲了再給妳一次機會。贖金我就打個折，算成兩千萬給妳。記得在兩天內回覆我，否則這次我眞的會毒死那個小孩！」接著我掛斷了電話。

兩天後，電話打來了。

「您又無視我的指示了。」之前的男人說道。「您決定要對小孩見死不救了嗎？」做決定的不是我，而是那個姓鈴木的女人——不過我當然不能說出去。

「我說不付就是不付，你也該死心了吧。」

「唉呀，眞是可憐呀。您的頑固害得那孩子又多吃了一些毒藥呢。」

「……你殺了他嗎？」

「不，我本想殺了他，但後來想了想，還是決定只餵他吃比之前多量的毒藥。他沒有死，只是動彈不得而已。他的臉色變得超級黑，也開始掉髮了。」

「你這惡魔！」

「我說過自己是殺人魔，不是嗎？您也半斤八兩嘛，爲了省一點小錢而對小孩見死不救。」

「二千萬圓哪裡是小錢啊！」

「當然是小錢囉。不過呢，我還是決定一口氣降個價，算您一千萬圓吧。怎麼樣？一條人命才一千萬圓，眞是太便宜了。我明天再等您一天，靜候您的佳音。」

男人掛斷電話後，我旋即打電話給那個女人。

「——事情就是這樣，我餵小孩吃下更多毒藥了。」

我的話顯然令她緊張了起來。

「這……眞是太泯滅人性了……」

「他沒死，只是臉色死灰、皮膚潰爛、頭髮掉光光而已。他現在看起來活像《四谷怪談》(*6)裡的阿岩小姐呢。」

我加油添醋了一番。對話那端傳來「咕嚕」一聲，想必是那女人吞下唾液的聲響。

「一千萬圓！我不能再減價了。明天回覆我，聽懂了吧？」

隔天，「太郎　天時地利人合　請與我聯絡」的啓事依然沒有出現。

「今天我又餵那孩子吃了一些毒藥囉。」如我所料，那名男子在晚上打電話來了。「他不停上吐下瀉，現在已經瘦得皮包骨，而且身上到處長了腫瘤。再這樣下去只怕他小命不

*6 日本靈異故事，作者爲鶴屋南北，本來的書名爲東海道四谷怪談。故事中的阿岩因遭丈夫下毒而半邊臉部浮腫潰爛、頭髮嚴重脱落。

保，但只要您肯重新考慮，那孩子就能得救。九百萬！我算您九百萬圓就好，請務必給我好的回音。拜託您了。」

之後，我不厭其煩地又撥了電話出去。

「小孩已經瘦得不成人形，連頭蓋骨的形狀都浮出來了。他全身都是腫瘤，眞虧他還能存活下來。」

接著我丟下一句「想救那小孩就拿出九百萬」便掛斷電話。

上述情形在數天內重複了好幾次。

我在公司的員工餐廳中看到電視新聞報導了綁架案嫌犯遭到逮捕的消息。那名遭歹徒監禁的男孩獨力逃了出去，而照顧男孩的民眾則代爲報警。電視上的嫌犯是名矮小的中年男子，實在不像會做出這種大膽的行爲。

「義雄小弟弟沒有外傷，看起來相當有精神。根據警方的說詞，嫌犯山田恐嚇的對象並非義雄小弟弟的雙親，而是一名姓大橋的陌生人。關於這點，嫌犯山田的說法是『直接恐嚇他的雙親，心裡會覺得過意不去』。嫌犯山田恐嚇大橋若湊齊贖金須登出『太郎　天時地利人合　請與我聯絡』這則啓事，但大橋沒有照做。」

正在吃拉麵的我差點被這則報導噎到，麵條從鼻孔噴了出來。我再度望向電視螢幕。

這個男人是打電話給我的那個男人嗎？

不，新聞說他打電話的對象是一名姓大橋的人。這到底是怎麼回事？

我拍了一下膝蓋。我懂了。

那個姓大橋的人才是打電話到我家的人。那傢伙肯定跟我一樣，想把燙手山芋丟給別人。

不，等等。

打電話給我的人不一定是大橋，說不定大橋打給了別的男人，而那個男人也懷著同樣的想法打給我……不不，說不定這中間還有別人呢。

我搖了搖頭。別再想了，簡直沒完沒了。

總之，從今晚起我應該不會再接到恐嚇電話了，唯有這點我能肯定。

然而——

電話打來了，撥話者是那個男人。

「您是川島先生吧？您今天也沒有刊登那則啓事呢。眞可憐呀，那孩子已經奄奄一息了。拿出三百萬來我就救他。」

男人的語氣和昨天並無二致。這麼說來，電視上那樁綁架案是別的案子嗎？不，我不認爲這一切只是巧合。

無論如何，我能選擇的路只有一條。我如常打電話給那名姓鈴木的女人。

「喂，是我。」

她聽到我的聲音後似乎吃了一驚，也許她以爲我不可能再出現了吧？

我以一如往常的口吻說道：

「因爲我等不到妳的回音，所以又餵那小孩吃了更多毒藥嘍。想救他的話就準備三百萬圓。」

我一邊說著，一邊覺得自己好像著了魔。

解說

# 推理作家的中場休息

陳國偉

## 作家的日常及其外

作爲一個長期的推理讀者，當你看了越來越多死者飛來盪去、謎團層出不窮、詭計日新又新、屍體分來組去的推理小說後，會不會有一天好奇心起，這些每天坐在（電腦？）桌前，苦思著謎團、不在場證明、動機、死前留言，讓小說中血流成河的推理作家，他們在創作以外的休息時間，到底都在作些什麼事？不論他們是否結婚生子，他們在日常生活裡的興趣，又會是什麼呢？

這幾年來，因爲台灣對於日本推理小說的大量引進，加上網路的便利，我們有越來越多的機會，透過雜誌的訪問、作家自己的網站，得知這些推理作家的日常生活景觀。像是被譽爲「松本清張女兒」的宮部美幸，其實最喜歡的是離開工作室後回家打電動；京極夏彥喜歡看關西的搞笑節目；辻眞先則會看動畫；北方謙三跟大澤在昌喜歡品酒；泡坂妻夫鑽研魔術；逢坂剛鍾情於佛朗明哥舞；同樣是電影，乙一跟伊坂幸太郎什麼都看，但綾辻行人最愛的是恐怖電影，不過綾辻的好哥兒們有栖川有栖卻是將全部心力都放在支持阪神虎上。有些人會喜歡出門，島田莊司會去飆車，但桐野夏生則忙著溜狗，而西村京太郎當然就是到處泡溫泉，若你不小心在日劇裡看到一個疑似筒井康隆的人，千萬不用懷疑，那一定就是他，他的興趣就是去客串日劇。

若你有在使用Twitter，還會發現殊能將之喜歡做菜跟看搞笑節目，而我孫子武丸跟台灣的年輕人一樣，最近似乎在迷韓國少女偶像團體……。

當然，尤其對日本當紅的大眾小說家而言，大量而跨類型的連載邀約讓他們更需要像上下班打卡一樣，在生活中規劃出規律的創作時間，像東野圭吾、宮部美幸這樣炙手可熱的暢銷作家更是如此。《野性時代》二〇〇六年二月號曾經刊載過東野圭吾的一日作息，他固定每天早上十一點工作到下午四點，然後去健身房二小時，晚上六點到九點繼續工作，十一點到半夜二點則是他的品酒時間。這麼多膾炙人口的作品，就是在這樣的固定作息中被創造出來。

然而，若只是想在連載的寫作中間稍微休息一下，仍然是寫小說，但卻不是讀者們預期中的小說類型的話，作家們把怎樣類型的小說，當作是一種大腦的休息？或者說，是另一種靈感孕育的開始？

我想，東野圭吾的《毒笑小說》，正是這樣的產物。

## 作家的價值

其實在《毒笑小說》一九九九年的文庫版中，收錄了京極夏彥與東野圭吾的卷末特別對談〈守護笑點堡壘！目標「搞笑」文藝復興！〉，邀請了當時也在《小說昴》（小説すばる）雜誌上刊載搞笑系列（後集結爲どすこい系列）的京極夏彥，大談兩人創作搞笑小說的動機與心路歷程。

出乎意料之外的，京極夏彥自陳會開始寫どすこい系列的第一篇〈四十七名力士〉，其實是受到東野圭吾〈超狸貓理論〉（後收於《怪笑小說》）的啓發，希望能夠起而效尤，也寫出這麼認眞搞笑的小說。而且兩人都認爲，這種能夠讓人笑到抽筋、具有辛辣內容的小說，應該要好好的正名爲「搞笑小說」，絕對不能被歸類爲那種有如騙小孩的「幽默小說」。

所以對於熟悉東野圭吾的讀者來說，初看到《怪笑小說》、《毒笑小說》這樣的作品，心裡產生的第一個疑問，必定是「這是推理小說嗎？」如今答案揭曉，對於作者來說，他本來就是想要寫讓讀者打從心裡覺得白癡到不行，甚至會笑到噴飯的小說。甚至在他和京極夏彥的對談中，還討論到作爲一個搞笑小說家獨有的恐懼，那就是一旦讀者覺得「這個梗好冷」，作品就有失敗的危險，因此他們覺得搞笑小說絕對是最高難度的一種小說類型。

若有閱讀過《怪笑小說》的讀者，一定可以發現整本書中東野圭吾透過他的眼光，呈現出他自日本社會中，所觀察到的荒謬與人性。不論是〈一徹老爹〉中一心希望兒子成爲棒球明星的爸爸，或是〈超狸貓理論〉中因爲相信飛碟其實是狸貓的化身、而一生信奉並推廣著這樣的理論，又像是〈追星婆婆〉中放棄晚年的安逸而邁上追星不歸路的婆婆，或者如〈逆轉同窗會〉中早已與社會脫節卻一心以爲仍能跟學生緬懷過去的老師們，都是東野圭吾透過小說中跨類型的故事設計，以及戲劇化的荒謬場景，再現日本社會文化脈絡下獨有的那些日常的壓抑、苦惱、憤怒與焦慮。

到了《毒笑小說》，東野圭吾似乎挖掘了更多日常中的無奈與荒謬：〈綁架天國〉中被誘拐的小學生，好不容易有機會可以在遊樂園大玩特玩，但他們早已被升學主義制約，回家想作的第一件事竟然是「讀書」，無怪乎這些綁架的策劃者會說出「那群孩子在被我們綁架之前，早就被名爲文憑社會的怪物給綁架了。」而同樣被家庭制約的，還有只是因爲媽媽沒有教導過，於是在婚禮竟然失禁崩潰的〈傀儡新郎〉，以及〈爺爺當家〉已經無法壓抑性的興奮與好奇，但又不希望失去威嚴因此偷看孫子A片的爺爺。此外，當然也包括爲丈夫而融入群體，委屈配合手工狂夫人的主婦，在DIY似乎是美德與自然象徵的現在，東野圭吾藉由〈手工狂夫人〉的存在，嘲諷了這種人際關係與道德的僞善。

人性爲何存在著僞善？都是因爲慾望而驅使，〈天使〉的故事正是最好的證明。一開始被發現無害而可愛的不明生物，被人們如珍寶似的瘋狂崇拜與豢養，但後來竟成爲饕客的珍饈，在短短十年間從保育動物變成有害生物，最後科學家才發現原來天使之所以誕生，是因爲人類進行核子實驗，產生太多輻射，而牠們因爲仰賴輻射生存，所以要消除輻射。但總歸來說，天使的榮與辱、存與滅，都是因爲人的不同層次慾望，但這世界上的許多事物，又何嘗不是如此？

也因此，這些小說不僅具有東野希望作到的，將搞笑結合文學而產生獨特的價值，更重要的是，就如東野與京極所希望的，它能夠透過將現實中人遭遇到的不幸反映在故事中，但能在讀者旁觀他人（也可能是自己）的痛苦與怨恨的同時，透過歡笑消除恐懼，而能讓自己在現實中重新振作起來。因此，藉由京極夏彥的話來說，這樣的作品也許可以是一種「新社會派」小說。

## 作家的生存之道

當然，對於原本就是搞笑節目忠實讀者的京極夏彥，體內原本就應該充滿著搞笑的熱血。而出身自日本搞笑文化原鄉的東野圭吾，當然更應該具有與生俱來的基因。但這一系列小說出現於東野圭吾創作生涯的時間點，或許更值得我們細細探究。

從一九九五年《怪笑小說》開始，東野圭吾似乎是全力地在搞笑的跑道上疾走著，到一九九六年結束以前，他就相繼出版除了《怪笑小說》之外，包括以天下一大五郎爲偵探系列的搞笑推理《名偵探的守則》、《名偵探的咒縛》、以及《毒笑小說》三本書。而在這四本作品中，我們似乎可以看到他如何透過搞笑這樣的媒介，重新釐清自己的創作意識、校正自己創作方向的軌跡。

一方面他透過《怪笑小說》中對於其他類型小說形式的挪用，像是〈積鬱電車〉、〈獻給某位爺爺的線香〉的科幻風格，〈動物家庭〉的奇幻設定，融合科幻與奇幻色彩的〈超狸貓理論〉，有如恐怖片的〈屍台社區〉，揉雜著奇幻與荒島/冒險文學走向的〈無人島大相撲轉播〉，東野圭吾在這些作品中盡情地進行著越界的嘗試，讓自己展現出說「非推理」故事能力的一面。而在《毒笑小說》中的〈天使〉與〈補償〉，也出現了科幻小說的設定，而透過或悲觀或安慰的結局，牽動讀者的心緒。

但另一方面，有如表跟裡的辯證一般，他同時在《名偵探的守則》、《名偵探的咒縛》中，反省推理小說中諸多的成規與限制，逆寫既有的文體秩序與情節結構，在探究推理小說還能有怎樣的可能性同時，也預言了推理小說可能的盡頭。但又試著在《毒笑小說》中從各式推理小說的既有元素出發，卻讓故事最後在現實日常的制約下，走向不可收拾的意外高潮或反高潮。像是〈綁架天國〉、〈綁架聯絡網〉都運用了作家很愛挑戰的綁架題材，但〈綁架天國〉更像是跟筒井康隆《富豪刑事》致敬般，只是當富豪是綁匪時，遊戲規則完全隨之更改，而原來該有的緊張對峙更像是荒謬的兒戲。

在〈程序警察〉中，他更逆寫了兇手與警察的權力關係，當兇手希望自首時，警察卻反過來處處阻撓，要求他照章行事，緝兇與正義反而已經不是重點，如何不破壞警察手冊裡的「辦案程序」，才是最高指導原則。而在〈殺意使用說明書〉一篇中，東野似乎在提醒我們，眞實的犯罪根本不需要複雜的手法，純粹只是依憑著殺意，眞正要能夠痛下殺手，要培養的不是犯罪的技巧，而是濃郁的殺意。其他像是〈爺爺當家〉中來搗亂爺爺好事的笨賊、〈光榮的證詞〉中對目擊者的逆寫、〈本格推理證物之開運鑑定團〉中對於物證的巧妙逆轉，都可以看出東野圭吾從推理小說的各種內在層次，反思與重組推理敘事，開發更多的故事性，嘗試著搞笑、推理、文學能夠成爲「三位一體」的黃金配方。

所以若把這階段的搞笑生涯（？）放入東野圭吾的創作歷程來看，這一系列的作品，有如他創作的重要幅輳點，他從原來只追求單純本格推理敘事的推理小說家，「變身」爲故事性豐富，獲得更多大眾讀者認同，屢屢入圍直木賞的「說故事的人」。因爲自此之後，他在八年內六度入圍直木賞，陸續寫出了《秘密》（一九九八）、《白夜行》（一九九九）、《單戀》（二〇〇一）、《信》（二〇〇三）、《幻夜》（二〇〇四），更在二〇〇五年一舉以《嫌疑犯X的獻身》掄元。其後來他的作品越來越多元，故事性越來越強烈、具有高度戲劇張力，搞笑小說爲他帶來的啓發與養分，絕對不能小覷。

因此從這個角度，我們也可以理解，對這些成功的大眾小說家來說，有時候意外的中場休息，卻能爲他們鑿出一個通往未來成功的光明之路的窗口。表面上看起來的搞笑白目，其實隱藏著作家對世界想要傳達的特殊訊息，以及在他希望不斷超越自己、腦海裡多股線路的創作靈感中，不斷彼此碰撞激發出意外火花的痕跡。

本文作者簡介

陳國偉，筆名遊唱，新世代小說家、推理評論家、MLR推理文學研究會成員，現爲國立中興大學台灣文學與跨國文化研究所助理教授暨「亞洲大眾文化與新興媒介研究室」主持人，並執行多個有關台灣與亞洲推理小說發展的學術研究計畫。

國家圖書館出版品預行編目資料

毒笑小說／東野圭吾著；林佩瑾譯. -- 初版. -
台北市：獨步文化：家庭傳媒城邦分公司發
行，2010〔民99.12〕
面；　公分. --（東野圭吾作品集；
25）
譯自：毒笑小說
ISBN 978-986-6562-75-4（平裝）

861.57　　99021624

# 東野圭吾作品集25　毒笑小說

原著書名／毒笑小說
作　　者／東野圭吾
編輯總監／劉麗真
責任編輯／張麗嫺
原出版社／集英社
翻　　譯／林佩瑾
特約編輯／張玲玲

發 行 人／涂玉雲
榮譽社長／詹宏志
總 經 理／陳逸瑛
出　　版／獨步文化
城邦文化事業股份有限公司
104台北市中山區民生東路二段141號5樓
電話：(02) 2500-7696　傳真：(02) 2500-1967
發　　行／英屬蓋曼群島商家庭傳媒股份有限公司
城邦分公司
104台北市中山區民生東路二段141號2樓
讀者服務專線：(02) 2500-7718; 2500-7719
24小時傳真服務：(02) 2500-1990; 2500-1991
服務時間：週一至週五上午09：30-12：00；下午13：30-17：00
讀者服務信箱E-mail：service@readingclub.com.tw
劃撥帳號／19863813
戶　　名／書虫股份有限公司

香港發行所／城邦（香港）出版集團有限公司
香港灣仔駱克道193號東超商業中心1樓
電話：(852) 25086231　傳真：(852) 25789337
E-mail: hkcite@biznetvigator.com
馬新發行所／城邦（馬新）出版集團【Cite (M)Sdn. Bhd. (458372 U)】
11,Jalan 30D/146, Desa Tasik,
Sungai Besi, 57000 Kuala Lumpur Malaysia
電話：603-9056 3833　傳真：(603) 9056 2833

美術設計／戴翊庭
排　　版／浩瀚電腦排版股份有限公司
印　　刷／鴻霖印刷傳媒股份有限公司

□2010年（民99）12月初版
□2019年（民108）12月20日初版十二刷

售價／320元

Printed in Taiwan



城邦讀書花園
www.cite.com.tw